Jean Paul

Das Kampaner Thal

SALZWASSER
VERLAG

Jean Paul

Das Kampaner Thal

Unveränderter Nachdruck der Originalausgabe von 1868.

1. Auflage 2022 | ISBN: 978-3-37505-796-1

Verlag: Salzwasser Verlag GmbH, Zeilweg 44, 60439 Frankfurt, Deutschland
Vertretungsberechtigt: E. Roepke, Zeilweg 44, 60439 Frankfurt, Deutschland
Druck: Books on Demand GmbH, In de Tarpen 42, 22848 Norderstedt, Deutschland

Das

Kampaner Thal

oder

über die Unsterblichkeit der Seele.

Von

Jean Paul.

Leipzig,

Druck und Verlag von Philipp Reclam jun.

Ich schlug häufig in der Destillation über den Helm das Phlegma der Erdkugel nieder, die Polarwüsten, die Eismeere, die russischen Wälder, die Eisberge und Hundsgrotten, und extrahierte mir dann eine schöne Nebenerde, ein Nebenplanetchen, aus dem Ueberrest: man kann eine sehr hübsche, aber kleine zusammengeschmolzene Erde zusammenbringen, wenn man die Reize der alten exzerpiert und ordnet. Man nehme zu den Höhlen seiner Miniatur= und Ditto=Erde die von Antiparos und von Baumann — zu den Ebenen die Rheingegenden — zu den Bergen den Hybla und Tabor und Montblanc — zu den Inseln die Freundschaftsinseln, die seligen und die Pappelinsel — zu den Forsten Wentworths Park, Daphnens Hain und einige Eckstämme aus dem paphischen — zu einem guten Thal das Seifersdorfer und das Kampaner: so besitzt man neben dieser wüsten schmutzigen Welt die schönste Bei= und Nachwelt, ein Dessertservice von Belang, einen Vorhimmel zwischen Vorhöllen. —

Ich habe absichtlich das Kampaner Thal mit in meinen Extrakt und Absud geworfen, weil ich keines weiß, worin ich lieber aufwachen oder sterben oder lieben möchte, als eben darin: ich ließe das Thal, wenn ich zu sprechen hätte, nicht einmal mit den Tempe= und Rosenthälern und Olympen verschütten, höchstens mit Utopien. Den Lesern ist das Thal schon hinlänglich aus ihren geographischen Schulstunden und aus den Reisen Arthur Youngs bekannt, der's fast noch stärker lobt als ich*).

Daher stieg — das muß ich annehmen — im Juli 1796 die Glücksgöttin von ihrer Kugel auf unsere und füllte meine Hand — statt mit ihren Kunkellehnen und Mußtheilen und Goldnen Kälbern und Vließen — mit weiter

---

*) B. 1 S. 76 in der deutsch. Uebersetz. Uebrigens brauch' ich's niemand zu sagen, daß das Thal selber im Departement der obern Pyrenäen liegt.

1*

nichts als mit ihrer eignen und führte mich daran — daraus erkannt' ich die Göttin — ins Kampaner Thal . . . .
Wahrlich, ein Mensch braucht nur hineinzusehen, so hat er
(wie ich) mehr, als der Teufel Christo und Ludwig XIV.
bot und den Päpsten gab.

Die Probe eines Genusses ist seine Erinnerung — nur
die Paradiese der Phantasie werden willig Phantasie und
werden nie verloren, sondern stets erobert — nur die
Dichtkunst söhnt die Vergangenheit mit der Zukunft aus
und ist die Leier Orpheus', die diesen zwei zermalmenden
Felsen zu stocken besiehlt*).

Wie bekannt, macht' ich mit H. Karlson — denn dem
ästhetischen Publikum ist wahrlich an wirklichen Geschlechts-
namen wenig gelegen, da es als literarisches Zent- und
Fraisgericht wahre Namen stets auf den Fuß erdichteter
behandelt, aber den existierenden Charakteren selber, wenigstens denen von Gewicht, kann daran liegen, nicht durch Lese-
zimmer und kritische Gerichtsstuben wund geschleift zu werden
—bekanntlich, sag' ich, macht' ich anno 96 mit meinem Freund
Karlson (er ist Titular-Rittmeister in *** Diensten) eine
Flugreise durch Frankreich. Fast von Meilenstein zu Meilenstein fertigte ich an meinen Freund Viktor die besten epistola-
rischen Stundenzettel ab. Als ich ihm das nachfolgende Thal-
Stück zugesendet hatte, setzte er mir so lange zu, bis ich
ihm versprach, diesen illuminierten Nachstich der Natur auch
der Drucker- und Buchbinderpresse zu gönnen, nicht blos
der Briefpresse allein. Das thu' ich denn. Ich weiß schon,
mein lieber Viktor sieht, daß in unsern Tagen den armen
Menschen-Raupen kein grüner Zweig zur Spinnhütte mehr
zelassen wird, und daß uns feindliche Taucher das in das
Todtenmeer fallende Ankertau zerschneiden wollen: daher
macht er aus dem Gespräche über die Unsterblichkeit mehr als

---

*) Bekanntlich stießen die zwei symplegadischen Felsen immer gegen
einander und zertrümmerten jedes durchfliehende Schiff, bis Orpheus'
Töne sie zu ruhen zwangen.

aus dem gezeichneten Thale, in dem man's hielt; das seh'
ich daraus, weil er mich das Widerspiel des Claude Lorrain
nennt, der nur die Landschaften selber machte, die Menschen
dazu aber von andern malen ließ. Wahrlich, ein solches
Thal ist es werth, daß man da in die Stickluft des Grabes
das Gruben= und Sabbathslicht der Wahrheit statt seines
Ichs hinunterläßt, um zu sehen, ob das Ich in einer
solchen Tiefe noch athme.

Ich bitte aber die gelehrte Welt, das Geschenk dieses
Briefs für kein Pfand zu halten, daß ich ihr auch meine
andern Briefe über Frankreich überlassen werde; was ich
darin etwa von ächtem statistischen, geographischen Bauholz
verwahre, hat schon H. Fabri in Händen, den ich aus=
drücklich gebeten, die Materialien zu verbauen, ohne den
Lieferanten zu nennen.

Ich habe scherzhaft meine Briefe an Viktor in Stationen
zerfällt: fünfhundert Stationen unterschlag' ich wie natürlich
und fange mit der 501ten an, worin ich im Thale erscheine.

501. Station.

Das Allerlei des Lebens — das Tauergedicht als billet doux — die Höhle
— die Ueberraschung.

Kampan, d. 23. Jul.

— Da leb' ich seid vorgestern; nach Höllenfahrt und
Fegfeuerprobe und Durchgang durch limbos infantum et
patrum tritt doch endlich der Mensch ins Himmelreich. —
Aber ich bin dir noch den Ausgang aus unserer vor=vor=
gestrigen Herberge schuldig. Niemals hat wol ein Kopf ein
härteres Lager, als wenn man ihn auf den Händen trägt
— d. h. darauf stützt: bei mir und Karlson war vor=vor=
gestern nichts daran Schuld, als daß im Saale neben un=
sern Zimmern ein Hochzeittanz gehalten, und daß parterre
die jüngste Tochter des maitre d'hôtel, die nicht nur den
Namen, sondern auch die Reize der Corday hatte, mit zwei
weißen Rosen auf den Wangen und zwei rothen in den

Locken — eingesargt wurde, und daß Menschen mit bleichem Gesicht und schwerem Herzen blühende und beglückte bedienten. Wenn das Schicksal zugleich das Freudenpferd und das Trauerroß an die Deichsel der Psyche anschirrt: so ziehet immer das Trauerroß vor, d. h. wenn eine lachende und eine weinende Muse in Einer Stunde auf Einer Bühne neben einander spielen: so schlägt sich der Mensch nicht wie Garrik*) auf die Seite der lachenden, er bleibt nicht einmal mitten inne, sondern er nimmt die weinende; so malen wir überall wie Milton das verlorne Paradies feuriger als das wiedergewonnene, die Hölle wie Dante besser als den Himmel. — Kurz, die stille Leiche machte uns beide gegen den frohen warmen Eindruck der Tänzer kalt. Aber ist's nicht recht toll, mein Viktor, daß ein Mann wie ich nichts so gut weiß, als daß jede Stunde der Erde zugleich Morgenroth und Abendwolken austheilt, hier einen blauen Montag, dort einen Aschermittwoch anfängt, daß ein solcher Mann, der mithin so wenig darüber trauert, daß dieselbe Minute Tanz= und Nachtmusik und zugleich Todtenmärsche vor dem breiten Nazionaltheater der Menschheit aufspielt, gleichwol den Kopf hängt, wen er diese Doppel=Musik auf einmal bei einer Winkelbühne zu Ohren bekömmt? Ist das nicht so toll wie sein übriges Thun?

Auch in Karlsons Augen flog etwas von dieser Staub= Wolke; bei ihm bestand sie aber aus aufgewehter Asche einer Urne. Er kann alle Schmerzen verschmerzen — ihre Erinnerungen ausgenommen; — seine Jahre hat er durch Länder ersetzt und der durchlaufene Raum wird ihm für durchlaufene Zeit angerechnet: aber hier wurde der tiefe feste Jüngling blaß, als er herauskam und mir erzählte, daß der Liebhaber der bleichen Corday ihre langen gefalte=

---

*) Auf einem Gemälde von Reynolds, wo Garrik, von beiden Musen gezogen, Thalien folgt.

ten Hände auseinander geworfen und auf seinen Knien an
seinen wilden Mund angerissen habe.

Er nahm sein Entfärben im Spiegel wahr, und um es
mir zu erklären, so theilte er mir gleichsam das letzte und
geheimste Blatt aus seiner Lebens-Robinsonade mit. Du
siehest, was für ein undurchsichtiger Edelstein dieser Jüngling ist, der seinen Freunden durch ganz Frankreich nach-
reisen kann, ohne seinem offenherzigen Reisegefährten nur
eine Fuge oder ein Astloch in das Verhältniß mit ihnen
aufzumachen. Jetzt erst, zumal aus Rührung über das
nahe Kampaner Thal zieht er den Schlüssel aus dem
Schlüsselloch, das für dich ein Souffleurloch wird.

Daß er mit dem Baron Wilhelmi und der Braut desselben, Gione, und ihrer Schwester, Nadine, bis nach
Lausanne gereist war, um mit ihnen bis ins Kampaner
Thal zu ihrer arkadischen Hochzeitsfeier mit zu gehen —
das weißt du schon. Daß er sich in Lausanne von ihnen
plötzlich wegriß und sich zurück an den Rheinfall zu Schaff-
hausen stellte — das weißt du auch; aber die Ursache nicht.
Diese wird dir nun von ihm und mir erzählt.

Karlson sah in der täglichen Nähe endlich durch den
enggegitterten Schleier Gionens durch, der über einen ver-
wandten groß und fest gezeichneten Charakter, den noch dazu
die bräutliche Liebe magisch kolorirte, geworfen war. Karlson wurde von sich vermuthlich viel später als von andern
errathen: sein Herz wurde, wie im Wasser das sogenannte
Weltauge, anfangs glänzend, dann wechselte es die Farben,
dann wurde es ein Nebel und endlich transparent. Um
das schöne Verhältniß nicht zu trüben, wandte er den ver-
dächtigen Theil seiner Aufmerksamkeit auf ihre Schwester
Nadine, er sagte mir nicht klar, ob er nicht diese in einen
schönen Irrthum führte, ohne Gionen eine schöne Wahrheit
zu nehmen.

Alle diese Schauspiels-Knoten schien die Sense des Todes zerschneiden zu wollen: Gionen, diese Gesunde und

Ruhige, befiel ein plötzliches Nervenübel. An einem Abend trat Wilhelmi mit seiner dichterischen Heftigkeit weinend in Karlsons Zimmer und konnte nur unter der Umarmung stottern: „Sie ist nicht mehr."

Karlson sagte kein Wort, aber er reiste noch zu Nachts im Tumulte fremder und eigener Trauer nach Schafhausen fort, und nahm vielleicht eben so sehr vor einer Liebenden als vor einer Geliebten die Flucht, ich meine vor Nabine und Gione zugleich. Vor der ewigen Wasserhose des Rheins, dieser fortstürzenden geschmolzenen Schlaglawine, dieser schimmernden steilrechten Milchstraße heilte sich seine Seele langsam aus. Aber er war vorher lange in die düstere kalte Schlangengrube stechender Schmerzen eingeschlossen, sie bekrochen und umwickelten ihn bis ans Herz; denn er glaubte, wie die meisten Weltleute, unter denen er erwachsen war — und vielleicht auch durch sein Schooßstudium, die Chemie, zu sehr an physische An= und Aussichten verwöhnt — daß unser letztes Entschlafen Vergehen sei, wie in der Epopöe der erste Mensch den ersten Schlummer für den ersten Tod ansah.

Er schickte an Wilhelmi blos die Nachricht seines Aufenthalts und ein Gedicht „die Klage ohne Trost", das sein Unglaube betitelte, da er das Ambrosiabrod nie gebrochen hatte, dessen Genuß Unsterblichkeit verleiht. Aber eben das stärkte sein entkräftetes Herz, daß ihn die Musen zu dem Gesundbrunnen der Hippokrene führten.

Der Baron schrieb ihm zurück: er habe sein schönes Trauergedicht der Verstorbenen oder Unsterblichen — vorgelesen: blos eine lange Ohnmacht hatte den schmerzlichen Irrthum erzeugt. Er und Gione baten ihn herzlich ungesäumt nachzukommen; aber Karlson antwortete: „das „Schicksal hab' ihn nun durch die Alpenmauer von ihrem „schönen Fest geschieden, da es aber, wie das Brautthal „Kampan, seine Frühlinge immer erneuern werde, so hoff' „er durch sein Zögern nichts zu verlieren als Zeit."

Kurz, nun hatte noch dazu die andere Welt ihr überirdisches Licht auf Gionens Angesicht geworfen, und er liebte sie jetzt zu sehr, um das Fest ihres Verlustes begehen zu helfen. Auch über sie will ich dir eine unter dem Zuhören geborne Vermuthung zuwenden.

Schon von einem Lobe und einer Liebe hinter dem Rücken werden wir gewonnen: wie viel mehr aber, wenn man uns beide als Abschiedsküsse nach dem Auffluge aus der Erde nachwirft! — Daher ist für mich der Gedanke an die künftige Leichenprozession hinter meinem bunten reichbeschlagenen Loh=, Zwiebel= und Reliquienkasten nicht nur ein Sporn zum Medizinieren (denn älter ist man leichter einzubüßen), sondern auch zum Absolvieren. Und du selber, so selten du uns sämmtlich spießen oder zum Teufel jagen willst, ich meine so außerordentlich selten auch das Gewitter des Zornes das Faß deiner Brust versäuert: du selber hast kein besseres Säckchen mit weißer Kreide, kein besseres oleum tartari per deliquium *), womit du deine innern Flüssigkeiten wieder versüßen kannst, als den Gedanken, wie wir alle um deine Sterbekissen erbleichen würden und um deinen Hügel verstummen, und wie dich niemand vergäße! — Ich kann unmöglich glauben, daß es einen einzigen Menschen gebe, dem nicht, wenn ihn der Tod in der Taucherglocke des Sargs hinunterzieht, ein gebücktes Haupt und ein rothes Auge nachsähe, und darum kann doch jeder wenigstens die Seele lieben, die ihn einst beweinen wird. —

Denke ich nun die genesende Gione mit einem abgeschälten wunden Herzen, das eben in der schwülen elektrischen Atmosphäre der gesenkten Wetterwolke des Todes eine neue Empfindlichkeit erhalten hat: so brauch' ich dir ihre Erweichung über Karlsons Trauerkarmen nicht nach Tropfen mit dem Thau= und Feuchtigkeitsmesser vorzurechnen, noch mit dem Magnetmesser ihrer Liebe. Aber — nicht Wilhelmi's glän

---

*) 10 Tropfen davon machen ¹/₂ Pfund saures Bier auf der Stelle süß.

zender Reichthum und sein eben so glänzendes Betragen, sondern — die frühere Wahl und das frühere Wort verboten ihr, die Diamantenwage nur — in die Hand zu nehmen.

Als Karlson mir das alles auserzählt hatte: so drehte er Gionens Ringbild — niedlich wie von Blaramberg gemalt — am Finger aufwärts und legte sich auf die harte Klippe des Ringfingers mit den feuchten Augen auf, bis er die geschmückte Hand unbemerkt unter den Kuß der Lippen rückte. Die Schamhaftigkeit seines Schmerzes rührte mich so sehr, daß ich ihm eine andere Marschroute als ins Thal unter dem Vorwand anbot: „weil mir die Träume dar=
„über die Lust an der Wirklichkeit verdorben hätten, und weil
„wir vermuthlich die Neuvermählten noch in den ersten acht
„Rosensyrup=Tagen störten, da sie wahrscheinlich auf den
„lauern, dort spätern Frühling gewartet.“ Er errieth mein Errathen; aber sein Wort, morgen zu kommen, zog ihn an Ketten hinein. — Herzlich gern hätt' ich das neue vom Frühling gefüllte Eden entbehrt und meinem Freund die Jakobsleiter, auf der er aus seinem Traum in seinen vorigen Freudenhimmel sehen, aber nicht steigen durfte, unter den Füßen weggezogen. Aber auf der andern Seite freute mich sein fester worthaltender Charakter, der sich mit der Kraft seines Lichts dem Eindringen der Stacheln und Bohrwürmer des Leidens widersetzt; sowie mit der Zunahme des Mondlichts die Abnahme der Gewitter wächst. Ungesehen schrieb ich jetzt Gionen (nicht blos ihn) in die Matrikel der seltenen Menschen ein, die sich wie Raphaels und Platons Werke erst unter dem Beschauen entwölken, und die wie beide dem Siebengestirn gleichen, das dem kurzen Auge anfangs nur sieben Sonnen, dann aber dem langen Sehrohr über vierzig zeigt. — —

Vor=vorgestern reiseten wir demnach ab. Unterwegs sah ich ihm, glaub' ich, zu oft in sein schönes treues, gleich dem himmlischen Aether zugleich tiefes und offenes und blaues

Auge hinein: ich stieg in seine Brust hinab und suchte mir
darin die Scene des Tages aus, woran das kirchliche Band
ihm die edle Gione auf ewig aus den Fibern seines reinen
mehr von Musen als Göttinnen erwärmten Herzens zog.
Ich will dir's bekennen: ich weiß mir keinen Tag zu denken,
an dem ich meinen Freund mit größerer Liebe und Rührung sehe, als an dem unvergeßlichen, wo ihm das Geschick
den Bruderkuß, die Kußhand und Breitkopfs Land der Liebe
und Philadelphia und Bauklüsens Quelle auf einmal in
einem einzigen weiblichen Herzen schenkt. —

Vorgestern Nachts um 10 Uhr kamen wir vor Wilhelmi's arkadischer Karthause an, die ihr Strohdach an eine
grüne Marmorwand andrückte. Karlson fand sie leicht durch
die Nachbarschaft der berühmten Kampaner Höhle aus, aus
der er sich schon einmal Stalagmiten gebrochen hatte. Der
Himmel lag voll Gewölke und voll gefärbter Schatten,
und über die lange grüne Wiege voll schlummernder Kinder hing die Wiegendecke der Nacht an den Pyrenäen be-
festigt und mit einigen silbernen Sternchen besetzt. Aus
Wilhelmi's Einsiedelei kamen sogleich einige s ch w a r z geklei-
dete Menschen mit Pechfackeln, die auf uns gelauert zu
haben schienen, und sagten: Der H. Baron sei in der Höhle.
Beim Himmel, unter solchen Umständen ist's leichter, die
e n g st e zu vermuthen als die s ch ö n st e und g r ö ß t e.

Die Schwarzen trugen ihre Flammen voraus und zogen die fliehende Vergoldung von einem Eichengipfel zum
andern und führten uns gebückt durch eine Katakomben-
Pforte. Aber wie herrlich wölbte sich die hohe und weite
Grotte*) mit ihrer krystallenen Stukkatur empor, gleichsam
ein illuminiertes Eis-Louvre, ein glimmendes unterirdisches
Himmelsgewölbe! Wilhelmi warf eine Hand voll abge-
brochener Stufen weg und flog entzückt an seinen Freund.
Gione trat mit ihrer Schwester hinter einer in einander ge-

*) Zwanzig Fuß ist sie hoch, und der Eingang fünf Fuß.

pelzten Stalaktite und Stalagmite hervor, das Lodern der
Fackeln gab ihr nur ungewisse Gestalten — aber endlich
führte Wilhelmi ihr ihn entgegen und sagte: „Hier ist un=
ser Freund." Er küßte tiefgebückt die lebendige warme
Hand und verstummte vor Rührung; aber Gionens feste
Züge zergingen auf dem ernsten Angesicht, dem blos der
jugendliche Schmelz Nadinens abging, in eine lächelnde
größere Freude, als er zu erwiedern und zu vergelten
wagte. „Wir haben Sie lange in diesem Paradiese erwartet
„und vermißt," sagte sie mit fester Stimme, und ihr klares
ruhiges Auge that die weite Perspektive in eine reichge=
schaffene tiefe Seele auf. „Willkommen (sagte Nadine) hier
„in der Unterwelt! Jetzt glauben Sie doch an Wiedersehn
„und Elysium?" Ob sie ihn gleich mit einer Gesandtschaft
und Flora von Scherzen — oder waren's Grazien? denn
sie waren schwer zu unterscheiden — empfing: so schien doch
diese Heiterkeit des Temperaments und der Angewöhnung
nicht die Heiterkeit eines befriedigten ausruhenden Herzens
zu sein.

Mein Freund präsentierte mich gehörig, damit ich in die=
ser Korporation der Freundschaft kein Ueberbein und hors
d'oeuvre bliebe.

Uns war allen — mir gar, da vor mir lauter nie ge=
sehene Wesen in silbernen Reflexen schwebten — als sei die
Erde aus= und das Elysium aufgethan und die abgetrennte
bedeckte Unterwelt bewege wiegend zwischen Wiederschein
und Halbschatten gestillte, aber beglückte Seelen.

In dem freudigen Antheil, den diese liebende Dreieinig=
keit an Karlsons Erscheinung nahm, war eine gewisse Leb=
haftigkeit, die sonst den zurückgelegten vorletzten Schritt zu
einem Ziel begleitet; aber das Ziel war bedeckt. Nadine,
um doch mir auch etwas zu sagen, entdeckte mir: es sei
ein kritischer Philosoph und Kämpfer mit da, den es freuen
werde, jemand für oder wider seine Sätze zu hören: der
Hauskaplan nämlich.

Als wir uns aus der wetterleuchtenden Demant= und Zaubergrube in die verdickte Nacht begaben: so sahen wir den Mantel des Erebus in schweren nassen Falten nieder= hängen, und dünne Blitze quollen aus dem nächtlichen Dunst, die Blumen rauchten aus zugedeckten Kelchen, und unter dem tiefer einsinkenden Gewitter schlugen die Nachti= gallen lauter, gleichsam als lebendige Gewitterstürmer, hinter blühenden Sprachgittern. — Gione ging auf einmal lang= samer an Karlsons Arm und sagte mit Wärme, ohne zu stottern: „ich liebe überall die Wahrheit herzlich, auch auf „Kosten theatralischer Ueberraschungen: ich muß Ihnen es „im Namen des H. Baron entdecken, daß ich und er mor= „gen auf immer verbunden werden, Sie müssen es Ihrem „Freund vergeben, daß er dieses Fest nicht ohne den seini= „gen feiern wollte.‟

Ich denke mir, daß jetzt in Karlsons Seele die erkaltete Lava wieder flüssig und glänzend wurde. Aus einer Wolke um den steigenden Mond strahlte plötzlich, als wär' es aus diesem, ein Blitz, der in Gionens und Karlsons Augen einige Regentropfen erleuchtete, die für die Nacht gehörten. Wilhelmi fragte herzlich: kannst Du mir nicht vergeben? Aber Karlson drückte ihn mit ungestümer Wärme ans dan= kende Herz: ein so erhabenes Vertrauen der Freundschaft und ein so zarter Beweis desselben hob seine gestärkte Seele über alle Wünsche empor, und die fremde Tugend breitete in ihm die hohe Ruhe der eigenen aus.

Wir zertheilten uns in unsere drei Tabor=Hütten, die Damen in die erste, Wilhelmi in die zweite, worin der kritische Philosoph mit war, ich und Karlson in die dritte, die der Baron schon voraus dazu gemiethet hatte. Die Er= müdung der Reise und selber der Gefühle schob unsere Bündnisse und Freuden eine Nacht hinaus. Ich kann dir aber nicht sagen, wie schön der Schmerz auf meines Freun= des Angesicht der Erhebung zurückte, wie die Trauer wie ein Wolkenbruch aus seinem Himmel entfiel und das weite

Blau aufdeckte: die Opfer und Tugenden unserer Geliebten gehören unter die unaussprechlichen Freuden, die wenigstens die Seele zählen und wägen sollte, die sie nachahmen kann.

Mir und ihm traten in einer eigenen elysischen Stimmung oder Harmonie für den kommenden Tag voll heiliger Wonne die Augen über. Ach mein Viktor, die Völker und die einzelnen Menschen sind nur am besten, wenn sie am frohesten sind, und verdienen den Himmel, wenn sie ihn genießen. Die Thräne des Grams ist nur eine Perle vom zweiten Wasser, aber die Freudenthräne ist eine vom ersten. Und darum breitest du eben, väterliches Geschick, die Blumen der Freuden, wie Ammen die Lilien, in der Kinderstube des Lebens auf, damit die auffahrenden Kleinen in einem festern Schlafe bleiben!

Ach, die Philosophie, die uns die Freuden verdenkt und sie im Bauriß der Vorsicht durchstreicht, sage uns doch, mit welchem Rechte denn die glühenden Schmerzen in unser zerbrechliches Leben traten. Haben wir nicht schon darum ein ewiges Recht auf ein warmes weiches Dunenbette — ich denke jetzt nicht blos an das tiefste Unterbette in der Erde — weil wir so voll Stigmen der Vergangenheit, so voll Wunden sind?

Du sagtest einmal zu mir: „in deinen frühern Jahren „wärest du aus der stoischen Philosophie durch den Sorites „gezogen und getrieben worden, daß erstlich, wenn die Em- „pfindung der Freude so wenig wäre, als die Stoiker dar- „aus machen, es gescheidter wäre, seinen Nächsten zu bekeh- „ren als zu beglücken, gescheidter auf Kanzel und Katheder „als Lehrer der Moral zu treten wie in Arbeitsstuben als „Praktikanten der Moral, gescheidter, statt der aufgeblähten „marmorierten Seifenblasen der Freude dem Nächsten „die Seifenpillen und Ileckkugeln der moralischen Klinik „zuzuwenden, — ferner, daß es zweitens irrig wäre, zu be- „haupten, die Tugend mache der Glückseligkeit würdiger, „wenn nicht die Glückseligkeit einen eignen ewigen Gehalt

„beſäße, weil man ſonſt behaupten würde, die Tugend mache
„den Inhaber eines **Strohhalms** 2c. würdiger."

Das haſt du einmal geſagt: glaubſt du es noch? Ich
glaub' es noch.

502. Station.

Der donnernde Morgen — die kleine Tour nach der großen — die Kanapeepolſter.

Durch die ganze Nacht ging ein halb verlorner Donner,
gleichſam als zürnte er im Schlafe. Am Morgen vor Son-
nenaufgang trat ich und Karlſon hinaus in die mit dem
nahen Gewölke verhangne Brautkammer der Natur. Der
Mond ſank dem doppelten Augenblicke des Untergangs und
Vollwerdens zu. Die tief unten auf Amerika wie auf einem
Altar brennende Sonne trieb den Wolkenrauch ihres Freu-
denfeuers roth empor; aber ein Morgengewitter kochte brau-
ſend über ihr und ſchlug ihr ſeine Blitze entgegen. Das
ſchwüle Brüten der Natur ſog heißere und längere Klagen
aus den Nachtigallen und fliegende Gewürze aus der langen
Blumen=Aue. Dicke warme Tropfen wurden aus dem Gewölke gepreßt und zerſchlugen laut das Laub und den
Strom. Blos das Mittagshorn — die Zinne der Pyrenäen
— ſtand licht und rein im Morgenblau. Endlich warf der
untergegangne Vollmond einen Sturmwind herüber ins
glühende Gewitter, und die Sonne ſtand auf einmal ſiegend
unter dem mit Blitzen behangnen Triumphthor. Der Sturm
wehte den Himmel blau und ſtürzte den Regen hinter die
Erde, und um den glänzenden Sonnendiamant lag nur
noch das flatternde Folienſilber des zerſtäubten Gewölks.

Ach mein Viktor! welcher neugeborne Tag war nun auf
der Erde und lagerte ſich in das herrliche Thal! Und die
Nachtigallen und die Lerchen zogen ſingend um ihn, und die
Roſenkäfer umrauſchten ſeine Lilien=Guirlanden, und der
Adler hing ſich an die höchſte Wolke und beſchauete ihn von
Gebirg zu Gebirg! — O wie alles ſo arkadiſch den ge=

bognen, jede Flur umarmenden Adour hinauf und hinab
lag! Die marmornen Wände — aber nicht von Menschen
zusammengelegt — fassen wie größere Blumen=Vasen die
Blüten=Beete ein, und die Pyrenäen wachen mit ihren
Gipfeln um die zerstreueten und tiefen Sennenhütten. Nie
ergreife, ruhiges Tempe, ein Sturm deinen Adour und
deine Gärten! Nie wehe ein stärkerer durch dich, als der
die Natur sanft wiegt, der den Gipfel, voll heißer Eier und
Kinder, als eine belaubte Wiege schaukelt, und der keine Biene
vom Honigthau der Aehre wirft, und der nur die breitesten
Flocken der Wasserfälle auf die Uferblumen drängt. — —

Denke nicht, daß ich jetzt alle meine Tuschschalen um
mich stellen und dir das kunstlose gerundete Thal durch das
Quadrat der Kunst abzeichnen werde: ich will dich in diese
Bilderbibel der Natur stückweise schauen lassen, so wie
der Zufall ein Blatt nach dem andern umschlägt. Meine
Stationen werden dich durch die verschiedenen Zimmer führen,
worin die reiche Ausstattung dieser Blütenzeit, wie die einer
Königstochter, zur Schau aushängt; aber etwas anders ist's
freilich, an der königlichen Braut selber den vereinten an=
gelegten Schmuck zu sehen.

Uns beide rief ein Bedienter aus dem Phantasieren, der
nach dem Hauskaplan herumsuchte: wir sahen ihn endlich
auf einen Herrn zulaufen, der am Adour die zurückgeschlag=
nen Hemde=Aermel wieder herunterstreifte. Es war der
Hauskaplan, der unter dem Gewitter gekrebset und später
geangelt hatte. Da ich wußte, daß er in seiner etwas be=
haarten Hand auch Kelle und Mörtel, Feder und Dinte, zu
einer Futtermauer der kritischen Philosophie (und zu seiner
eigenen) verarbeitet hatte: so ging ich ihm freundlich entgegen
und sagte ihm, was ich schriebe. Aber der rohe trotzige
und doch scheue Maurer hieß mich in einer Sprache, die
so breit war wie sein Gesicht, frostig willkommen: er scheint
Biographen zu verachten, weil die Fenster in philosophischen
Auditorien so hoch sind — oder gar wie an alten Tempeln

oben an der Decke — daß sie daraus nicht auf die Gasse
des wirklichen Lebens sehen können, so wie nach Winkel-
mann die römischen Fenster im architektonischen Sinne eben
so hoch waren. Lord Rochester war einmal ein ganzes
Quinquennium unausgesetzt t r u n k e n; ein solcher Kaplan
aber ist vermögend, ein ganz Decennium lang n ü ch t e r n
zu verharren. Ein solcher Mensch beißt allen kräftigen
Wahrheiten, Erfahrungen und Erdichtungen, wie die Ameisen
den eingetragnen Samenkörnern, die Keime aus, damit sie
nicht in seinem Ameisenhaufen aufgehen, sondern nur zum
Bauholz austrocknen.

Als der Kaplan mich verließ, um als Konsekrator des
Ehe = Sakraments zum Baron zu gehen: so fand ich den
Rittmeister wieder, der in dem von einem marmornen Fall=
becken zurückgespritzten Staubregen einer nahen Kaskade
stand. Um ihn wateten bis an die Fenster die Eremitagen
des Landmanns in grünenden Halmen, mit dem Erntekranz
von welken bedachet, und innen blühten Familien und
außen Ulmen. Er hielt mir eine Visitenkarte entgegen, die
ihm jetzt, sagt' er, Gione vor der Vermählung gegeben.
Es war aber Scherz, er hatte die umgeschlagne Karte blos
auf dem Moose neben der Kaskade gefunden. Sie stellte
wie gewöhnlich eine römische Ansicht vor, diesesmal neben
dem rauschenden Wasserfall den gezeichneten von Tivoli,.
und auf einem Stein im Vorgrund stand Gionens Name
geschrieben. Eine solche verzettelte Kleinigkeit, der Fund
eines abgegebenen geliebten Namens kurz vor der Minute
seiner irdischen Einbuße, setzet mit einem Spiel= und Trieb=
werk lieblicher Beziehungen das ganze Herz in volle Be-
wegung.

Er ging zur Feierlichkeit. Ich blieb unter dem herrlichen
blauen Himmel und freute mich, daß alle Kampaner sich
in seine Farbe kleideten', in die b l a u e, die ich gestern an
den Bedienten für eine schwarze genommen hatte.

Ich mache dir kein Geheimniß daraus, daß ich unter der

Kopulation neben so vielen Schönheiten des Frühlings mich in die eben so holden Nadinens verlor, die für mich ein unbekanntes inneres Afrika war, wobei ich wünschte, sie wäre eben so heiß.

Nach acht oder zehn Träumen sah ich endlich die schönen Paare meine Lustbahn durchschneiden. Ich ging entgegen. O wie seelenfroh und still standen wir nun alle neben einander unter dem Frühlings-Getümmel der lebendigen Harfenettchen und Zithern und Lockpfeifen und Flötenuhren, die sich um uns mit und ohne Flügeldecken drehten! Karlson und Gione verschwiegen eine gleiche Rührung fast wie über ein gleiches Geschick. Wilhelmi, der wie ein Komet bald im Brennpunkt, bald im Gefrierpunkt einer Sonne ist, brauchte keine Freude weiter als die Mitfreude des andern. Aber in Nadinens hellem Auge hing eine Thräne fest, die nicht wegzulächeln und wegzublicken war: es schien mir, daß ihr Herz gleich der Erdkugel mit einer bis auf eine ziemliche Tiefe kalten Oberfläche anfange, in seinem Innersten aber eine verhüllte Wärme vermehre. Und gestern schien doch ihr ganzes Wesen eine lachende Gegend zu sein! —

Ueber nichts machen wir wol größere Fehlschlüsse und Fehltritte als über die weibliche Heiterkeit. Ach, wie viele dieser holden Gestalten gibt es nicht, die ungekannt verarmen, scherzend verzagen und schäkernd verbluten, die mit dem frohen hellen Auge in einen Winkel wie hinter einen Fächer eilen, um in die Thränen, die es pressen, recht freudig auszubrechen, und die den verlachten Tag mit einer verweinten Nacht bezahlen, wie gerade eine ungewöhnlich durchsichtige helle nebellose Luft Regenwetter ansagt. — Erinnere dich nur an die schöne N. N. und auch an ihre jüngere Schwester.

Indeß hielt das Tageslicht dem reizenden Tropfen unter Nadinens Auge, diesem Solitaire unter ihren glänzendsten Reizen, durch eine halb so große Warze fast das Gleichgewicht.

Wilhelmi hatte den lyrischen oder dithyrambischen Kopf voll lauter Freuden-Plane und foderte mit der Haftigkeit der Entzückung einen hurtigen Synodalschluß über die Nutznießung des Tages. „Ach Gott, ja wol" — sagte ich noch eiliger und voreilig dazu — „Das Leben fliegt heute auf „einem Secundenzeiger herum: wie ein Wecker rollt es ab; „aber wo ist in der Eile ein Plan, ein guter Plan?" — Nadine, mit der der Bräutigam schon vorher alles gehörig abgekartet hatte, versetzte: „Ich denke, wir brauchen gar „keinen für einen so holden Tag und für ein so liebes „Thal: wir pilgern und irren heute blos nachlässig am „Adour das ganze Thal in die Länge durch und setzen uns „bei jeder Hütte und bei jeder neuen Blume nieder — und „Abends fahren wir im Mondschein zurück. — Das wäre „in einem solchen Arkadien recht arkadisch und schäfermäßig. „Wollen Sie alle? — Du willst gewiß." — „O wohl (sagte Gione), und ich denke überhaupt, die meisten von uns sind „noch in den Reizen dieses Paradieses fremd." Der Baron überdachte scheinbar sein Votum ein wenig und sagte: „Es „kömmt nur darauf an, daß die Damen 2¼ Meilen*) zu= „rücklegen können in einem Tage." — Ich rief vor Freu= den toll: „Ach prächtig!" Denn eine solche langsame hori= zontale Himmelfahrt, ein solches melodische Harpeggio durch die Dreiklänge der Wonne war schon ein alter festgewachsener Wunsch meiner ersten Jugend. Ich ließ meine Entzückung am Hauskaplan aus, dem innerlich die ganze voyage pit= toresque wie eine Charfreitagsprocession widerstand, und dem statt dieses Himmelsweges der von Höfer**) lieber ge= wesen wäre, weil er sich lieber zu Hause hingesetzt und fort= gelesen hätte, und weil er überhaupt die Epopöe der Natur nicht wie ein Naturmensch genoß, noch wie ein Naturforscher

---

*) Nämlich französische: das ganze Thal ist etwan 2 deutsche Meilen lang.

**) Der Höfersche Himmelsweg oder die Anleitung, in 24 Stunden den Weg zur Seligkeit zu erlernen.

ſtandierte, ſondern wie ein Konrektor zerwarf und verſetzte
zur Uebung im Zuſammenbauen; ich ſagte unbedachtſam:
„Wenn wir beide aber Schäfer machen und Sie den alten
„Myrtil vorſtellen und ich den Phylax; ſo iſt's ſchon viel.‟
— Du weißt am beſten, daß die Laune ſich vor weiblichen
und vor gebildeten Ohren zehnmal weniger erdreiſten darf
als auf dem Druckpapier, und daß man ſie für ſolche Leute
durch ſo viel Löſchpapier und filzene Filtrierhüte ſeihen muß,
daß ich keinen Korrekturbogen nachher darum gebe.

Ein gemiethetes Landgut am Ende des Thals war das
architektoniſche Himmelreich, womit Wilhelmi ſeine Braut
in dieſem botaniſchen überraſchen und bezaubern wollte.
Aber Nadine wußt' es allein.

In eben ſo viel Minuten, als ein Schwan bedarf, die
Flügel auszudehnen und ſich aufzuhelfen, waren wir reiſe=
fertig. Ich table es nicht, wenn ein Menſch ſich vorbereitet,
z. B. auf das Examinieren, aufs Sterben; nur auf keine
(nähere) Reiſe; die lange Vorjagd verſtöbert alles Grenz=
wildpret der Luſt. Ich meines Orts denke nie daran, ab=
zureiſen als — unterwegs.

Wilhelmi belud ſich mit der Laute ſeiner Braut — Karl=
ſon mit einem Portativ=Eiskeller (aus dem Hofmanniſchen
Magazin glaub' ich) — die Damen mit ihren Sonnenſchir=
men, und ich und der Hauskaplan hatten nichts zu tragen.
Ich ſagte dem leeren Phylax ins Ohr — denn ſo kann ich
dieſen disputierluſtigen kritiſchen Bombardierkäfer ſchon nen=
nen, und mich den alten Myrtil —: „H. Hauskaplan, wir
„verſtoßen gegen das feinſte savoir vivre, wenn wir mit
„leeren leichten Händen nachgehen und nichts auflaſten.‟ —
Er erbot ſich ſogleich höflich bei Gionen zum Packpferd und
Laſtwagen und Laſtträger ihres — Paraſols. Mir befahl
aber ein aufgeräumter Genius, in Karlſons Zimmer zurück=
zulaufen und vom Kanapee zwei Polſter oder Seiten=Walzen
wegzuholen und mit ihnen wie mit Zwillingen auf den
Armen wiederzukommen; nichts war zweckmäßiger, da ſich

die Damen unterwegs tausendmal niedersetzen wollten und
den seidenen Ellenbogen nicht in die Saftfarben der Blumen
unter ihnen tunken konnten. Phylax mußte zu seinem Ver=
druß die eine Walze oder den weichen Bloch in die Arme
nehmen; und ich hing wie an einem Stockband den andern
Bloch an den Daumen.

Nun wurde aufgebrochen und aufgeschritten . . . .

Wir gingen den Pyrenäen entgegen — Kornfluren —
Wasserfälle — Sennenhütten — Marmorbrüche — Haine —
Grotten zogen sich, vom schlagenden Adersystem des viel=
ästigen Adours beseelt, vor uns glänzend und offen dahin,
und wir mußten sie wie herrliche in Träume verwandelte
Jugendjahre zurücklegen . . . . .

Ach Viktor, nur Reisen ist Leben, wie umgekehrt das
Leben Reisen ist. Und schöb' ich mich, wie gewisse Seemu=
scheln nur mit Einem Fuße hin — oder käm' ich wie die
Meernessel und die Weiber nur 6 Linien in ¼ Stunde wei=
ter — oder müßte ich wie die Spitzmuschel durch Verkür=
zung des voraus eingehakten Rüssels den Torso nachschlei=
fen — oder ständ' ich unter Fritz II. oder unter Fritz I.
(dem Lykurg), die beide die große Tour verboten: ich machte
mich wenigstens auf eine kleinere, um nicht zu verschmach=
ten, wie die Schmerle, die in jedem Gefäße absteht, das man
nicht rüttelt. — Wie glänzt man, wie dichtet, wie erfindet
und philosophiert man, wenn man dahin läuft, so wie
Montaigne, Rousseau und die Meernessel nur leuchten,
wenn sie sich bewegen! Beim Himmel, wenn die Sonne
oben dem Fußgänger von einen Laubgipfel zum andern
nachfolgt, wenn die erblichne im Wasser unter den Wellen
nachschwimmt — wenn Scenen, Berge, Hügel, Menschen
im Wechsel kommen und fliehen, und Freiheitslüfte über
das ganze veränderliche Eden wehen — wenn wir mit zer=
sprengtem Hals= und Brusteisen und zerschlagenen Sperr=
ketten der engen Verhältnisse leicht und ungebunden wie in
Träumen über neue Bühnen fliegen — — dann ist's kein

Wunder, daß ein Mensch sich auf die Füße macht, und daß er immer weiter will.

Denn leider muß die Glasglocke über Menschen und Melonen, die beide anfangs eine zerbrochene Bouteille überbauet, immer höher aufgehangen und zuletzt gar weggehoben werden. Anfangs will der Mensch in die nächste Stadt — dann auf die Universität — dann in eine Residenzstadt von Belang — dann (falls er nur 24 Zeilen geschrieben) nach Weimar — und endlich nach Italien oder in den Himmel; denn wären vollends die Planeten an eine Perlenschnur gesäbelt und einander genähert, oder wären die Lichtstrahlen Fähren und Treibeis und die Lichtkügelchen Pontons, so wären Extraposten im Uranus angelegt, und der unersättliche innere Mensch würde sich, eben weil der äußere so sehr ersättlich ist, von einer Kugel zur andern sehnen und begeben....

Dafür aber, mein Viktor, ist auch kein Ich von einem so viel gehäusigen Carcer ummauert, als das menschliche: denn unsere Spandau's stecken ja ordentlich immer enger in einander. Denn mein und dein Ich sitzt nicht sowohl in der Welt gefangen als auf der Erde — in dieser Kings-Bench hocken wieder die Stadtmauern — in diesen umfangen uns die vier Pfähle — in den Pfählen der Armsessel oder das Bette — in diesen das Hembe oder der Rock oder beides — endlich gar der Leib — und am allergenauesten (und noch dazu nach Sömmering) in den Gehirnhöhlen der Entenpfuhl.... Erschrick über die fatale vielschalige Suite von Korrektionsstuben, die ein Ich umstellen! — — —

Das militärische Halt*) haben die Franzosen von den Deutschen gelernt; aber wahrlich, wirst du mir sagen, das ästhetische und philosophische sollten wir ihnen ablernen. Ich beschwöre deinen Schwur, denn es ist so.

---

*) „Halt" und „Achtung" sind die einzigen 2 Kommandowörter, die bekanntlich ohne Version von dem deutschen Heere zu dem andern übergingen, das sie — nöthiger hatte als unseres.

503. Station.

Pasquill auf den Kaplan — Lobrede auf ihn — der Diamant — Entwürfe
gegen die Unsterblichkeit — Eden-Scherze.

Wir beide Walzenträger formierten den Nachtrab; ich
wollte einen Diskurs anknüpfen, aber Phylax machte wenig
aus mir. Höchstens sah er mich für einen windigen Schön-
geist an, der sich blos an Gefühle hält — obgleich Gefühle
der Schwamm voll atmosphärischer Luft ist, den sowol der
Dichter auf seinem hohen Parnaß als der philosophische Taucher in seiner Tiefe am Munde haben muß, und obgleich
die Dichtkunst über manche dunkle Stellen der Natur ein
früheres Licht warf als die Philosophie, wie der düstre Neumond von der Venus Licht bekömmt.

Der Philosoph versündigt sich aber am Dichter noch
mehr wie du an den Kantianern, von denen du zu verlangen scheinst, daß sie erträglich schreiben sollen: es sind
Einfälle, mein Viktor, aber keine Gründe, wenn du sagst,
die Philosophie werde wie eine türkische Dame von Stum-
men, Schwarzen und Häßlichen bedient; der philosophische
Marktplatz sei ein forum morionum *), Schönheit sei den
Philosophen wie den Heloten untersagt, die man deswegen
tödtete. Denn es ist wol klar, daß eine gewisse barbarische,
undeutsche, weitschweifige Sprache die Philosophie mehr
schmückt als entstelle: Orakel verachten Anmuth, Vox dei
soloecismus, d. h. ein Kantianer ist nicht zu lesen, sondern
nur zu studieren. Es ist ferner eines Philosophen nicht un-
würdig, die Sprache statt der Wissenschaft zu bereichern, weil
zum neuen Term irgend ein anderer die Begriffe wie zu
den Ammons-Hörnern die Thiere sucht und findet. Daher
bezeichnen die Griechen Wort und Vernunft mit dem
nämlichen Ausdruck, der am Ende gar ein Gott wurde.
Daher schreibt der Philosoph stets über seine Hausthüre pour

---

*) War der Markt in Rom, wo Mißgebildete feil standen und desto
höher weggingen, je ungestalter sie waren.

l'oudalgie*) statt „hier wohnt ein Zahnarzt". Das ist der
erste Grund außer einem zweiten, warum der Philosoph,
besonders der Kantianer — wie ich an Phylaren sah —
weder Bücher, noch Menschen, noch Erfahrungen, noch Physik, Botanik, Künste, Naturgeschichte zu kennen braucht:
er kann und muß das Positive, das Reale, das Gegebene,
das unbekannte X entrathen, er schafft seinen Term und
saugt, wie zuweilen Kinder — sie können darüber ersticken
— an seiner eignen überstülpten Zunge oder, wie neugeborne Fohlen, an seinem Nabel . . . .

Ich muß zur Gesellschaft zurück, Lieber! Da der Hauskaplan mit der größten Gleichgültigkeit gegen mich seinen
Spazierstock oder vielmehr Spazierbaum von Polster trug:
so wollt' ich ihn einnehmen durch ein Lob auf Kosten —
Kants. Ich sagte zu ihm: „Es hat mich frappiert, daß die
„Philosophen es gelitten haben, daß Kant zwischen ihnen
„und Künstlern einen solchen Unterschied macht und nur
„den letztern Genie einräumt. Er sagt im 47 §. seiner Kri-
„tik der Urtheilskraft: ‚Im Wissenschaftlichen ist der
„größte Erfinder vom mühseligsten Nachahmer und Lehr-
„ling nur dem Grade nach, dagegen von dem, den die
„Natur für die schöne Natur begabt hat, spezifisch unter-
„schieden.' Das derogiert, H. Kaplan, und wahr ist's ohne-
„hin nicht. Warum kann denn Kant nur Kantianer, keine
„Kante machen **)? Werden denn neue Systeme durch Syl-

---

*) So schrieb ein Pariser Dentist über seine Hausthüre.

**) In demselben §. sagt Kant vorher: „Man kann alles, was Newton in
seinem unsterblichen Werke der Prinzipien der Naturphilosophie sagt, so ein
großer Kopf auch erforderlich war, dergleichen zu erfinden, gar wohl lernen,
aber man kann nicht geistreich dichten lernen, so ausführlich auch alle Vor-
schriften für die Dichtkunst und so vortrefflich auch die Muster derselben sein
mögen. Die Ursache ist, daß Newton alle seine Schritte, die er von den
ersten Elementen der Geometrie an bis zu seinen großen und tiefen Er-
findungen zu thun hatte, nicht allein sich selbst, sondern jedem andern ganz
anschaulich und zur Nachfolge bestimmt vormachen könnte, kein Homer aber
oder Wieland anzeigen kann, wie sich seine phantasiereichen und doch zugleich

„logismen erfunden, ob man sie gleich dadurch beweiset
„und erprobt? Kann denn der Zusammenhang einer neuen
„philosophischen Idee mit den alten ihre Empfängniß besser
„erklären oder erleichtern, als derselbe Zusammenhang, den
„jede neue dichterische mit alten haben muß, deren Schöpfung
„vermittelt? — H. Hauskaplan, ich weiß nicht, an wem
„hier Kant sich mehr vergriffen, ob an der Wahrheit — oder
„an sich — oder an seiner hohen Schule. Leibnizens Mo-
„nadologie, harmonia præstabilita ꝛc. sind eine so reine

gedankenvollen Ideen in seinem Kopfe hervor und zusammenfunden, darum
weil er es selbst nicht weiß und es also auch keinen andern lehren kann.“—
Ich hatte anfangs Hoffnung, ich würde mich auf Kant — da er trillionen-
mal mehr Scharfsinn hat als ich — geradezu wie auf meinen geistigen
chargé d'affaires verlassen können; aber bei dieser Stelle (und bei seinen
Erklärungen über die Reue, über die Musik, über den Ursprung des moral.
Bösen ꝛc.) sah ich, ich mußte selber nachschauen und ihm nicht nachbeten, wie
ich anfangs wollte, sondern nachdenken. Doch zurück! Allerdings kann man
Newtons Prinzipien „lernen“ d. h. die erfundenen wiederholen, aber die
erfundenen Gedichte ja auch; diese kann man freilich nicht erfinden lernen, so wenig als Newtons — Prinzipien. Eine neue philosophische Idee
scheint nach ihrer Geburt klärer in den vorigen Keimen und molécules
organiques zu liegen, als eine dichterische: warum sah sie indessen erst
Newton? — Auch er und Kant können so wenig wie Shakspeare oder Leib-
niz entdecken, wie auf einmal aus einer Wolke alter Ideen der Blitz einer
neuen springt, sie können ihren Nexus mit alten zeigen (sonst wär's
keine menschliche), aber nicht ihre Erzeugung daraus: beides gilt von
dichterischen. Kant lehre uns Systeme oder Wahrheit erfinden (nicht
prüfen, wiewol im strengsten Sinn dieses sich von jenem nur im Grade
trennt), dann soll ihm gelehret werden, Epopöen zu erfinden, und ich mache
mich dazu verbindlich. Mich dünkt, er vermenge die Schwierigkeit, Ideen
zu bilden, mit der untergeordneten, neue zu bilden, die Schwierigkeit des
Uebergangs mit der Unerklärlichkeit des Stoffs. Ich erschrecke und er-
staune über die verhüllte Allmacht, womit der Mensch seine Ideenreihe ordnet, d. h. schafft. Mir ist kein besseres Symbol der Schöpfung bekannt,
als die Regelmäßigkeit und Kausalität der Ideenschöpfung in uns, die kein
Wille und kein Verstand ordnen und erzielen kann, weil eine solche Ord-
nung und Absicht die unerschaffene Idee ja — voraussetzte. Und in die
Schöpfung hüllt sich das erhabene Räthsel unserer moralischen Freiheit
ein.

„strahlende Emanation des Genius als irgend eine leuch=
„tende Gestalt in Shakspeare oder Homer. — Ueberhaupt,
„H. Kaplan, ist Leibnitz ein genialischer, allmächtiger Demiurg
„in der philosophischen Welt, ihr größter und erster Welt=
„umsegler, und der dann, glücklicher als Archimedes, in
„seinem Genius den Standpunkt fand, die philosophischen
„Universa um sich zu bewegen und mit Welten zu spielen
„— es war ein einziger Geist, er warf neue Fesseln auf
„die Erde herab, aber er selber trug keine: ich denke, Sie
„denken das auch, H. Hauskaplan!" — Er versetzte, er
bächte das nicht; die kritische Philosophie wisse, was sie aus
Leibnitzens Versuchen, die übersinnliche Welt, die Dinge an
sich, die zurückgelegte Approximation der bedingten Reihe bis
zum Unbedingten darzustellen zu machen habe, so wie sie
Genies würdige — — Kurz, ich hatte ihn eher erbittert als
erbeutet.

Karlson, den nicht einmal Amors Fakel oder Binde ge=
gen die philosophische Fackel verblendet, nahm an Gionens
Arme so viel Antheil am Kriege, als mit den Ohren zu
nehmen ist. — Glücklicher Weise hielten wir alle still. Na=
binen war ein linsengroßer Diamant aus der Brillantirung
ihres Halsgehenkes ausgefallen, und sie suchte im Grase
nach dem silbernen versteinerten Funken: ich wundere mich,
daß der Mensch allezeit gerade eine Sache an dem Orte,
wo er ihren Verlust bemerkt, zu finden hofft. Die Kirwane
guckte auf der betropften glänzenden Aue nach dem verlor=
nen verhärteten Thautropfen: als ein lichter Demant vom
ersten Wasser war er so leicht mit einem Thaukügelchen zu
verwechseln, daß ich, als ich eines in einer angesteckten
Busenrose Nabinens glimmen sah, anmerkte: „Alles liegt
„voll weicher Demanten, und wer will den harten ausfin=
„den? Der Thau in ihrer Vorsteckrose glänzt so schön
„wie der ausgebrochene Stein." Sie blickte darnach — und
im Rosenkelche lag die gesuchte Perle. Man dachte, ich hätt'
es gut gemacht; und ich ärgerte mich, daß ich's dumm ge=

meint — inzwischen wurde mir darüber doch Nadine nicht feinder, und das war Finderlohn genug.

Da um dieses bunte Rasenstück und Bienen=Zuckerfeld der Adour weniger einen Arm als einen Finger krümmte: so setzte sich die Sozietät unter die Bienen und Blumen hinein, und die Walzenträger legten vorher die Walzen hin. Nadine sagte spielend: Wenn die Blumen Seelen haben, so müssen ihnen die Bienen, deren Ammen sie sind, wie liebe trinkende Kinder vorkommen. „Sie haben (sagte Karlson) solche Seelen, wie die gefrornen Fensterblumen, oder der Baum von Petit*), den ich Ihnen einmal gezeigt, oder wie die Rauten des Vitriols oder die Pyramiden des Alauns." — „Ach Sie zerstören immer, H. Rittmeister — (sagte Gione), ich und Nadine haben uns wirklich einmal ein Elysium für verstorbene Blumenseelen ausgemalt." — „Ich (sagte Wilhelmi ernsthaft) nehme einen mittleren Zustand der Blumenseelen nach dem Tode an: die Lilienseelen fahren wahrscheinlich in weibliche Stirnen, Hyazinthen= und Vergißmeinnichtseelen in weibliche Augen und Rosenseelen in Lippen." — Ich fügte bei: „Es kömmt der Hypothese „sehr zu statten, daß ein Mädchen in der Minute, da es „sich bückt und eine Rose bricht oder umbringt, von der „übertretenden Seele merklich röther wird."

Dann setzten wir froh und liebend unsere schöne Reise wieder fort. Nur in meinen Trage=Kollegen schienen Disteln= und Schlehenseelen gefahren zu sein. Ihn verdroß das Ideenspiel und die Höflichkeit im Gefecht, Karlson gefiel ihm allein.

Der Kaplan sagte endlich zu mir: „Es ist überhaupt „keine Unsterblichkeit darzuthun als die der moralischen We= „sen, bei denen sie ein Postulat der praktischen Vernunft „ist. Denn da die völlige Angemessenheit des Willens zum

---

*) Ein in Königswasser aufgelöstes Gold, mit einigen Lothen Queck= silber vermengt, entsprießt in der Phiole zu einem Baum mit Laub.

„moralischen Geſetz, die der gerechte Schöpfer nie erlaſſen
„kann, nie von einem endlichen Weſen zu erreichen iſt, ſo
„muß ein in's Unendliche gehender Progreſſus, d. h. eine
„ewige Dauer, dieſe Angemeſſenheit in Gottes Augen, der
„die unendliche Reihe überſchauet, enthalten und zeigen.
„Daher iſt unſere Unſterblichkeit nöthig.“

Karlſon ſtand bei Gionen ſtill, um uns heran zu laſſen,
und ſagte: „Lieber kritiſcher Philoſoph, benehmen Sie doch,
„ich bitte Sie, dieſem Beweiſe die Kühnheit oder die Dunkel-
„heit, die er für Laien hat. Wie? iſt denn die Ueberſicht,
„d. h. die Endigung einer unendlichen, d. h. einer nicht en-
„denden Reihe denklich? — Oder wie wollen Sie denn die
„Unendlichkeit der Zeit mit der Unendlichkeit der morali-
„ſchen Foderung in Gleichung bringen, und wie kann eine
„in eine unendliche Zeitreihe zertheilte Heiligkeit die göttliche
„Gerechtigkeit befriedigen, die in jedem Theil dieſer Reihe
„dieſe Heiligkeit verlangen muß? Und iſt denn die wachſende
„Approximation des Menſchen zu dieſer Reinheit erwieſen?
„Werden denn nicht in der endloſen Reihe mit den Tugen-
„den die Fehler zwar nicht größer, aber doch vielzähliger?
„Und wie verhält ſich in der göttlichen Ueberſicht die unend-
„liche Reihe der Fehler zu der der Tugenden? Laſſen wir
„auch das! Iſt denn vor dem göttlichen Auge die moraliſche
„Reinheit zwei verſchiedener Weſen, z. B. eines Seraphs
„und eines Menſchen, oder zwei verſchiedener Menſchen,
„eines Sokrates und eines Robespierre, in zwei gleich lan-
„gen d. h. unendlichen Zeitreihen gleich vollendet? Wenn
„nun in der Ueberſicht zwiſchen beiden ein Unterſchied nach-
„bleibt, ſo iſt die ſogenannte Angemeſſenheit bei einem nicht
„erreicht — und es ſollte alſo einer ſterblich ſein.“

Der Hauskaplan replizierte: „Ueberhaupt will Kant da-
„mit die Unſterblichkeit nicht demonſtrieren: er ſagt ſelber,
„ſie ſei uns darum ſo ungewiß gelaſſen, damit der reine
„Wille nur durch ſich und durch keine eigennützigen Aus-
„ſichten in die Ewigkeit beſtimmt werde.“ —

„Sonderbar! sagte Karlson. Da wir nun aber diese
„Endabsicht heraushaben, so wäre sie ja eben dadurch ver-
„fehlt. Die Philosophen müßten es also wie ich machen,
„und die Unsterblichkeit anfechten zum Vortheil der Tugend.
„— Es ist ein eigener Zirkel, aus der Unbeweislichkeit eines
„Satzes seine Wahrheit zu vermuthen. Entweder die Unsterb-
„lichkeit ist barzuthun — und dann ist die eine Hälfte
„Ihres Satzes nicht richtig — oder sie ist es nicht: dann
„ist der ganze falsch. Noch dazu, wenn der Glaube an sie
„die Tugend eigennützig macht, so thut's ja das Erleben
„derselben in der zweiten Welt noch mehr. — Schreckt denn
„überdieß der Glaube an sie den gemeinen Mann von dem
„ab, was ihm der Beichtvater verbeut und vergiebt? So
„wenig als der erste Schlagfluß den Trinker von dem Wege
„zum zweiten."

504. Station.

Blumen-Tändeleien.

Karlson ließ sich in fremde Gespräche ein, und Phylax
war voll Ingrimm, daß er nicht siegen oder doch streiten
konnte; er wollte an mir die sokratische Hebammenkunst versuchen, aber er suchte nicht, wie andere Accoucheurs, vorher die Entbindungswerkzeuge warm zu machen: er hatte
eine so harte ungefällige Manier. Ich sagte zu ihm, ich
hätte dieselbe Meinung wie er, wiewol nicht aus denselben
Gründen, und wir wollten nachher vereinigt und einträch-
tig mit einander gegen den Rittmeister ausrücken und
ausfallen.

Ich ging jetzt mit meinem seidenen Klöppel zu Nadinen,
um ihr an einem Rosenbusche die fliegenden Lichtmagnete,
die glänzenden Irrlichtchen der Nacht, die braunen Johanniswürmchen zu zeigen, die sie nie am Tage gesehen; ich
bevölkerte eine Schachtel damit zu einem lebendigen Feuer-
werk auf Abends. Der Zufall hatte einen glühenden Ro-

senzweig romantisch niedergebogen zwischen blaue Glocken=
blumen auf einen grün marmornen Grenzstein — fein Laub
war gleichsam mit verkohlten Johanniswürmchen *) schwarz
ausgenäht — der Lilienkäfer hing wie eine goldne Stickerei
an den bleichern reifen Rosen — langbeinige schillernde
Mücken liefen über die Dornen — die Blumen=Taucher und
Nektarien=Schatzgräber, die Bienen, bedornten die Rosen=
kelche mit neuen Stacheln — und die Schmetterlinge wieg=
ten sich wie fliegende Farben, wie epikureische Abblätterungen
um die bunte Welt des Zweigs. — — Ich kann bir nicht
sagen, wie der vom wilden Ganzen auf einen nieblichen
Theil gesenkte Blick unsern Herzen und der weiten Natur
ein wärmeres Leben gab. Wir fasseten von der großen
Mutter des Lebens, wie Kinder vermögen, nichts an als
die Finger statt der Hand und küßten sie. Gott war durch
die Schöpfung Mensch geworden — wie eben dadurch für
Engel ein Engel — gleich der Sonne, deren glänzende Un=
ermeßlichkeit die Maler sanft in die Schönheiten eines Men=
schenangesichts zertheilen.

Wilhelmi sagte: er nehme, um in ein Arkadien, in ein
Eden abzufliegen, keine größern Schwingen dazu als die
vier eines Schmetterlings — welches poetische parabiesische
Sein, wie der Papillon ohne Magen und Hunger zwischen
Blüten und Blumen zu gaukeln, keinen Winter, keine lange
Nacht und keinen Orkan zu erleben, das Leben in der
weichen Jagd nach einem zweiten Papillon zu verspielen
oder wie Kolibri mit Blumenfarben zwischen Zitronenblüthen
zu nisten, um blühenden Honig zu schweben und in einem
seidenen Hängbette zu schwanken.

Wir gingen selig weiter, und jeder neue Schritt trieb
ein berauschendes Blut hinauf zum erwärmten Ich. Ich
machte mir nichts daraus, zum Kaplan zu sagen: „der Tem=
„pel der Natur habe sich für mich in einen Konzertsaal ver=

---

*) Die Männchen sind schwarz.

„wandelt — jede Vokalmusik in Instrumentalmusik —
„der wallende Adour in eine Wasserorgel — jeder Frosch
„in den Frosch am Geigenbogen — jede Zikade in eine
„Maultrommel — jede Flügeldecke in einen breiten besai-
„teten Flügel und die rufenden Raben in bekielende Raben-
„federn“ — — Phylax versetzte, er wisse ein wenig, was er
von dithyrambischen Wellen zu denken habe, die der Körper wirft.

— Viktor! sollte nicht der Philosoph und die Philosophie
den elektrischen Körpern nachahmen, die nicht nur l e u c h t e n,
sondern auch a n z i e h e n? Freilich schmeckt immer der geistige
Wein nach den Faßdauben des Körpers; aber Phylax Seele
scheint kaum geistig genug zu sein, um nur einer andern
Seele zum — Körper zu dienen.

505. Station.

Die Ephemere — über die relativen Schlüsse — Zweifel gegen die Länge
der Wesenleiter — der Warzenfresser — die Kur.

Die Sonne und das Thal fasseten uns mit lauter
Brennspiegeln ein — und es war überhaupt gut, sich ein
wenig satt zu sitzen und satt zu essen — und da gerade
uns gegenüber ein Marmorbruch und dicht an der eisernen
Felsenwand eine saftgrüne Trift und neben uns eine Ul-
men=Gruppe um ein gleißendes vereinzeltes Häuschen war,
so hielten wir darin um so viel Konsumptibilien an, als
ein flatterhaftes sattes Quintet bedarf. — Die Frau vom
Häuschen war allein (der Mann arbeitete wie die meisten
Kampaner in Spanien) — vier Kinder trugen zu — es
ging — unser Taschen=Eiskeller wurde aufgethan und damit die Seele erhitzt und der Magen gekühlt — der weiß-
glühende Schlußstein des himmlischen Gewölbes weckte mit
seinen Flammen den Mittagswind, der auf den kalten Gipfeln der Pyrenäen schlief. —

Dem armen Phylax schmeckte wenig oder nichts, ihm

war daran gelegen, zu beweisen, daß er fortdauere. Glücklicher Weise waffnete ihn der französische Wein immer besser gegen das französische System, und er fragte bei dem
Baron höflich an: „Ich glaube dem H. Rittmeister noch
„manche Beweise der Unsterblichkeit schuldig zu sein; ich
„wünschte sie abtragen zu dürfen.“ — Wilhelmi wies ihn
an Gionen: „Hier fragen Sie!“ Gione bewilligte die Bitte
gern: „Warum sollen nicht Erinnerungen der Unsterblich-
„keit unsere Freuden eben so verzieren, als Sarkophage eng-
„lische Gärten?“ — Nadine warf die Frage dazu: „Wenn
„aber die Männer über die Hoffungen der Menschen hadern,
„was bleibt den Weibern übrig?“ — „Ihr Herz und die
„Hoffnungen, Nadine“ sagte Gione. „Die Eule der Minerva
„(sagte lächelnd Wilhelmi) soll, wie andere Eulen, Unter-
„gehen ansagen, wenn sie auf eine Dachung fliegt; ich hoffe
„aber, es ist nichts daran.“ Ich setzte dazu: „An den Obe-
„liskus der Unsterblichkeit ist ja das Leben aller unserer
„Geliebten, wie an Ramesses seinen*), gebunden, damit die
„Gefahr die Kraft verdoppelt, und sie werden zerschmettert,
„wenn er zurückstürzt.“

Karlson hatte unterdessen von der nächsten Ulme eine
feste Eintagsfliege gezogen, die sich daran eingeklammert,
um die letzte Haut, den letzten Ueber=Körper vor dem Tode
abzuwerfen. Die Ephemere sollte nicht ein Sinnbild unserer Vergänglichkeit**), sondern unserer Entfaltung
sein, da sie, wider die Art aller Insekten, sich noch einmal nach allen Verwandlungen, und schon mit Flügeln
geschmückt, noch vor dem Sterben umkleidet. Er hielt sie

---

*) Ramesses ließ seinen Sohn an die Spitze des Obelisken hängen,
damit die, welche ihn aufrichteten, ein größeres Leben als ihr eigenes zu
wagen hätten.

**) Denn sie lebt über zwei Jahre, ob sie gleich ihre Entpuppung, wie
alle Insekten, nicht lange überlebt, denen die Natur überhaupt die Rosen-
zeit der Jugend erst nach dem Dornenalter des nährenden Wühlens be-
schieden.

uns vor und sagte: „Eine philosophische Eintagsfliege
„muß meines Erachtens so philosophieren: Wie? ich sollte
„alle meine Entwicklungen vergeblich auf der Erde durch-
„laufen sein, der Schöpfer hätte keine Absicht dabei gehabt,
„mich aus dem Ei zur Larve zu rufen, dann aus dieser
„zur Nymphe zu erheben und endlich zu einem fliegenden
„Wesen, dessen Flügel noch vor dem Tode einen vorletzten
„Ueberzug und ein Gehäuse sprengen, bei dieser langen Reihe
„von geistigen und körperlichen Entwicklungen hätte der Schö-
„pfer nichts zur Absicht gehabt als ein sechsstündiges Sein,
„und die Gruft wäre das abhängige Ziel einer so langen
„Bahn?"

„Ihr Beispiel — versetzte glücklich der Kaplan — be-
„weist nur gegen — Sie; es ist ja eben petitio principii,
„bei der Ephemere die Sterblichkeit vorauszusetzen."

Ich gestehe dir's, ich bin überhaupt relativen Schlüssen,
wie dem vorigen, feind, weil sie der Wahrheit gerade so
viel Abbruch thun, als der Beredtsamkeit Vorschub; denn
man kann damit gerade entgegengesetzte Sätze beweisen.
Einen, den ein Sandkorn im Auge drückt, überführ' ich, daß
er sowol glücklich sei, da es auf der Erde Leute gebe, die an
Blasen-Sandkörnern und Gries und an Höllensteinen leiden — als auch unglücklich, da sultanische Augen nichts
Härteres drücke, als etwan Zirkassische Augenwimpern oder
zwei rosenrothe Lippen. So mach' ich die Erdkugel nicht
nur groß — in Vergleichung mit Schnellkügelchen, Zibeth-
und Giftkugeln und Bouillonkugeln — sondern auch klein,
wenn ich den Jupiter, die Sonne und die Milchstraße dar-
neben stelle. Wenn die Ephemere auf der Wesenleiter den
glänzenden Entfaltungen der Wesen über ihr den Rücken
kehrt und den unscheinbaren auf der restierenden Leiter unter ihr nachzählt, so schwillt sie wieder auf. Kurz, unsere
oratorische Phantasie hält überall den Unterschied von Mehr
und Weniger für einen des Etwas und Nichts. Aber jedem relativen Unterschied muß etwas Positives zum Grunde

liegen, das aber nur unendliche Augen rein abwiegen, die
die ganze Reihe der unübersehlichen Stufen messen. So=
gar etwas körperlich Großes muß es geben, und wär'
es am Ende die Welt: denn jede Vergleichung, jede Mes=
sung setzt ein unwandelbares Maß voraus. — Also ist die
ephemerische Entwicklung eine wahre, und die Schlüsse aus
jener sind völlig dieselben aus einer seraphischen; der Unter=
schied des Grabes kann nicht entgegengesetzte, sondern
nur relative Schlußfolgen gebären.

— Und hier will ich nur brieflich — denn gedruckt un=
terständ' ich's mich nie — einen Zweifel bekennen. Die Spros=
sen der Wesenleiter über unserm Kopfe hat noch niemand
gesehen, die zu unsern Füßen keiner gezählt: wie, wenn
jene kleiner, diese größer wären, als man bisher dachte?
Die unendliche Standeserhöhung der Geister von Engel zu
Erzengel, kurz, die neun philosophischen Hierarchien sind noch
nichts weiter geworden, als — behauptet, aber bewiesen
nicht. Der gewöhnliche Beweis, daß eine Gebirgskette gei=
stiger Giganten den Abstand vom Menschen zum Unend=
lichen füllen müsse, ist falsch, da ihn keine Kette verkürzt,
geschweige füllt; die Kluft behält immer dieselbe Weite —
und der Seraph — d. h. das höchste endliche Wesen nach
menschlichem Sprachgebrauch — muß sich eben so viele, wenn
nicht mehre Wesen über sich denken als ich mir unter mir.
Die Astronomie — diese Säemaschine der Sonnen, dieses
Schiffswerft und Laboratorium der Erden — schiebt uns
die Verdoppelung der Welten und Wesen als eine Ver=
edelung derselben unter. Aber am ganzen Himmel hängen
nur Erdschollen und Feuerklumpen, und alles ist darin von
Milchstraße zu Milchstraße kleiner als der Wunsch und Wuchs
in unserer Brust. Warum soll denn unsere Kugel allein,
warum nicht jede andere im Steigen sich befinden, warum
soll der Vorlauf einer Inaugural=Ewigkeit (a parte ante)
ihnen mehr als uns zustehen und zufallen? Kurz, es läs=
set sich disputieren, Viktor, ob es im vollen All andere

Cherubim und Thronen gibt als Viktor und Jean Paul?
— Es ist mir selber kaum glaublich; aber die melodische
Fortschreitung zu sublimierten Wesen hinauf wurde bisher
doch wahrlich nur — angenommen; ich glaube an eine
harmonische, an ein ewiges Steigen, aber an keine er-
schaffne Kulmination . . . .

Ich vermuthe, Karlson wollte mir antworten — nicht
über die Seraphe, sondern — über die Eintagsfliegen, als
Nadine, die von ihm sich die Ephemere hatte leihen lassen,
diese zu nahe vor das Auge hielt und dadurch unser Men-
delsohn=platonisches Kolloquium dämmte und störte. Denn Ma-
dame Berlier — so vornehm schrieb sich unsere flüchtige Haus-
und Gastwirthin — trat vor Nadine und sagte: „Es ist
„Schade für den Schmerz; Sie müssen die Warzenheuschrecke
„nehmen; ich habe Proben.“ Verstehest du's? Es ist so:
der sogenannte Warzenfresser — eine Heuschrecke mit brünet-
ten Flecken — nimmt die Warzen durch einen einzigen Biß
darein in kurzem weg; Frau Berlier, über die, wie über
alle südlichen Insassen, die Schönheit eine größere Gewalt
als Geschlecht und Eigenliebe hatte, war im Irrthum gewesen, Nadine wolle ihrer reizenden Gestalt mit der Fliege
den letzten Flecken nehmen. — Kaum hatte der Hauskaplan etwas vom Warzentödter vernommen, als er sich ins
Grün verschoß und eine Vorjagd nach Warzenheuschrecken
antrat. Ich ärgerte mich, daß ich das Heilmittel so gut
gewußt wie die Frau, und daß mir's nicht eingefallen war;
aber zu einem lumpigen Gleichniß 'hätt' ich mich nicht gut
auf das Mittel besonnen, nur zu keiner nützlichen Kur.
Sein Glück erlaubte, daß er in Kurzem mit einem geflügel-
ten Warzenoperateur wiederkam; er erregte meinen Neid.
Als er ihn hingab in Nadinens Hand, hatte der eilfertige
Phylax mit dem Brief= und Papierschwerer seiner Faust
gleichsam in einer guten Glanzpresse den braungefleckten
Gewächsschneider aus Versehen — tobtgeplätscht; das Kerb-
thier konnte in nichts mehr beißen. Ich lief sogleich nach

einem zweiten Warzenfresser herum und sprang einem solchen Springer nach. Endlich bracht' ich einen an den Flü-
gelspitzen gefaßten und zappelnden getragen und sagte, ich
wollte den kleinen Dentisten so lange über der Warze halten, als er operierte und biße. Unter dem Aktus pries ich
meine That. Jede große Handlung, sagt' ich, wird nur in
der Seele in der Minute des Entschlusses gethan — tritt
sie heraus und wird vom Körper nachgespielt, der die Heuschrecke hält, so zerspringt sie in unbedeutende kleine Bewegungen und Terzien — aber wenn sie gethan ist, wie
hier der Biß, so wird sie wieder groß und strömt wachsend
durch die Zeiten. So wirft sich der Rhein wie ein Riese von
seinem Gipfel, zerreißt in Nebel, kömmt als Regen auf die
Ebene, dann wächst er aus Wolken zusammen und zieht
durch die Länder und trägt Sonnen statt der Regenbogen.

Es braucht vor dir nicht verhehlt zu werden, daß mich's
angriff, da ich in zwei so lichte warme gegen mich aufge-
thane Augen bis auf die Retina hineinschauen mußte, wobei ich des ganz andern Kriegsschauplatzes von Locken und
Lippen und Stirnen und der Waterloo's Landschaften der
Wangen nicht einmal gedenke. Nadinens Aengstlichkeit vor
den Zähnen des braunen Medikasters machte sie noch reizen-
der und die Gefahr meiner Lage noch größer. Nach langem
Halten, als ich dachte, die Operation sei schon vollendet,
vernahm ich von ihr, die Heuschrecke habe gar noch nicht
angebissen, weil ich sie drei oder vier Pariser Fuß zu weit
von der Warze weghielt. Es ist wahr, ich hatte mich in
ihre Netzhäute vertieft; aber es war noch wenig bemerkt
worden, daß die Kur nicht zu vollenden sei, wenn ich nicht
den Ballen der rechten Hand ein wenig auf ihre Wange
aufsetzte und aufstemmte, um mit dem Warzenfresser fester
über der Warze zu halten. Jetzt biß er die erforderliche
Wunde, und ließ so viel von seinem korrosivischen Aetz-
mittel hineinlaufen, als er bei sich hatte. Ich lenkte Nadinens Schmerzen, die dem von einem Nadelstich beikamen,

künstlich ab durch Philosophieren! „Der Mensch, sagt' ich,
„findet die stoischen Trostgründe gegen alle Schmerzen wahr
„und stark; nur gerade gegen den jetzigen nicht; und wenn
„er aus Stichwunden blutet, denkt er, Quetschwunden schlie-
„ßen sich leichter. Daher verschiebt er den Besuch der stoi-
„schen Schulstunden, bis seine Kreuzschule zugemacht sein
„wird. Ach, aber dann steht man und wartet am Strome
„und will nicht eher hinübergehen, als bis er vorbeigelaufen
„ist. Wahre Standhaftigkeit hingegen steht gern den Biß
„der Heuschrecke aus und freuet sich über ihre Erprobung.“

Dann war die Kur glücklich überwunden, die aber in
mir leicht zu einer Krankheit umschlagen konnte. Gewiß ist,
daß ihr nahes Gesicht mir eine größere Wunde machte, als
ich ihm durch den Warzenfresser. Ich würde besorgen und
untersuchen, ob ihr nicht das meinige, das eben so nahe
war, eben so viel Schaden gethan habe, wäre nicht Nadine
— auf das laß ich's ankommen — außerordentlich jung;
das Herz junger Mädchen läßt wie neue Wannen und
Butten anfangs alles durchtropfen, bis es die Gefäße durch
Schwellen behalten. — —

506. Station.

Einwürfe gegen die Unsterblichkeit — die Einkindschaft des äußern und innern Menschen.

Wir brachen auf. Durch den Himmel weheten nur hohe
dünne Flocken, gleichsam das aufgelöst um die Sonne
fliegende Haar, das sie nicht verhüllte. Der Tag wurde
schwüler und stummer. Aber unser Steig lief unter eine
grünende Bedachung hinein, und ein Zweig um den andern
spannte einen Sonnenschirm aus breiten Blättern aus.

Gione bat: „Wollen wir auch im Gehen unser voriges
„Gespräch behalten?“ Ach, deine Klotilde sollte sie kennen,
Gione hat, die Reize ausgenommen, die halbe Seele von
ihr — aus ihrer äußern und innern Harmonie schreiet kein

Ton vor, ihre ernste, warme Seele gleicht der Palme, die weder Rinde noch Zweige, aber auf dem Gipfel breites Laub und lange Blüthen trägt. „Gione (sagte Nadine), sie machen „uns mehr irre als fest.“ — „Es hat, versetzte sie, noch „niemand seine Meinung ausgesagt; man habe immerhin „die festeste Ueberzeugung, durch die schöne Uebereinstimmung „mit einer fremden wird sie doch noch fester.“ „So wie“, fügte Myrtil bei (das bin ich), „die Wasserpflanzen mitten in „ihrem Wasser doch vom Regen eben sowol erquickt wer= „den als die Landpflanzen.“

„Unser Gespräch“ sagte Wilhelmi, als wir gerade in die Sommernacht einer vom Eichenschatten und Kaskaden gekühlten Grotte kamen — „passete besser unter eine totale „Sonnenfinsterniß — ich wollte, ich erlebte eine, wo sich der „Mond prächtig vor die Mittagssonne hängt, wo der lär= „mende Tag auf einmal verstummt, wo die Nachtigallen „schlagen, die Blumen zufallen, und wo es schauerlich thauet „und nebelt und kühlt.“

Phylax hatte jetzt seinen Kanapeestrunk oder Polster in. eine rieselnde Quelle springen lassen; Nadine hatt’ es ge= sehen, aber um ihn nicht unter dem Herausziehen der Teich= bocke zu verwirren, trieb sie mit einer reizenden Wärme uns auf das vorige Gespräch zurück. Nur der Weltton hat ihr eine spielende, leichte, immer heitere Oberfläche ge= geben — Gionens Styl hingegen ist, wie der höchste griechi= sche, nach dem Maler=Ausdruck etwas mager und karg — und die Visitenzimmer hatten sie, wie Mahagony=Schränke die Kleider, desto angenehmer gemacht; aber ihre äußern Reize widersprachen oder schadeten ihren innern nicht.

Ich sagte also zu Karlson: „Ich bitte Sie, erweisen Sie „uns einmal die geistige Sterblichkeit, diese eigentliche „Seelen=Mitraillade.“ — „Das braucht“ (sagte der fatale arkadische Phylax, den die feuchte Walze ärgerte) „der H „Rittmeister gar nicht; nur der Bejahende muß beweisen.“

„Gut, gut! (sagt’ ich) ich nenne die Beweise Einwürfe,

„aber deren bring' ich wahrlich nicht mehr als zwei heraus
„— erstlich der Beweis oder Einwurf aus der gleichzeitigen
„Abblüthe und Hinfälligkeit des Körpers und Ichs, zweitens
„der aus der absoluten Unmöglichkeit, die Lebensweise eines
„künftigen Lebens zu erforschen, oder, wie der Herr Haus=
„kaplan sagen mußte, in die übersinnliche Welt hinüber zu
„sehen aus einer sinnlichen. Richten Sie jetzt selber, H.
„Rittmeister, Ihre zwei einwerfenden Bomben in den Win=
„kel der größten Wurfweite, der nach Hennert der von 40
„Graden ist, nach Bezout aber erst der von 43°."

Er stellte seine Bomben gut. Er zeigte, wie die geistige
Dryade mit der körperlichen Baumrinde grüne, zerberste und
verfliege, wie die edelsten Bewegungen sich an das mit Er=
denblei oder Bleierde ausgegossene Schwungrad des Körpers
schließen — wie Gedächtniß, Phantasie und Wahnsinn blos
vom Eidotter des Gehirns zehren, wie Heldenmuth und
Sanftmuth sich in einem so entgegengesetzten Verhältniß
gegen das Blut*) befinden, wie Blutigel und Juden —
wie im Alter der innere und der äußere Mensch sich mit
einander gegen die Grube krümmen, mit einander versan=
den und versteinern und gemeinschaftlich, gleich Metallgüssen,
langsam erkalten und zuletzt gemeinschaftlich erstarren.
Dann fragte Karlson, warum man denn bei dieser immer=
während en Erfahrung, daß jede körperliche Einbiegung eine
geistige Narbe grabe, und bei diesem unaufhörlichen Paral=
lelismus des Körpers und der Seele blos nach dem letzten
Riß und Bruch dieser alles wiedergeben wolle, was man
mit jenem scheitern sah. Er sagte dann, was ich auch glaube,
daß weder das Bonnet'sche Unterziehkörperchen, noch das
inkorporierte Platnerische Seelen=Schnür=Leibchen (das
„zweite Seelenorgan") die Schwierigkeit der Frage milbere:
denn da beide Seelen Unterziehkleider oder Nachthosen und

---

*) Mit dem Blute verloren Helden den Muth, wie bekannt. Juden
essen keines, wie ebenfalls bekannt.

Kollets immer im Leben das gute und schlimme Schicksal des groben Körperüberrocks und Marterkittels theilten, und da an uns zweigehäusigen englischen Uhren das Gehwerk und das erste und das zweite (Bonnet'sche oder Plat= nerische) Gehäuse immer mit einander gelitten und gewon= nen hätten: so sei es lächerlich, die Iliade der künftigen Welt in der engern Haselnuß des Reassekuranz=Körperchens aufzusuchen, das man vorher mit dem äußern groben Kör= per stehen und fallen sehen.

Ich bat ihn dann, die zweite einwerfende Bombe auch in den Winkel von 40° zu stellen. „Aber dann (setzt' ich dazu) wollt' ich mir wohl die Konzession einer langen Par= „liaments=Rede ausgebeten haben; nur lange Reden haben „Lebens= und Reproduktionskraft, wie nach Reaumür nur „lange Thiere sich am leichtesten nach Schnitten ergänzen." Lange Menschen freilich, das fällt mir jetzt aus Unzer erst bei, leben kürzer als kurze.

Aber dazu, nämlich zum Beweise der Umhüllung der zweiten Welt, bedurfte Karlson wenig Zeit und Kraft; das Sonnenland hinter den Hügeln der Gottesäcker, hinter den Pestwolken des Todes liegt unter einer Totalfinsterniß von zwölf Zollen oder von eben so vielen heil. Nächten bedeckt. Er that nicht übel dar, welcher unendliche Sprung aus allen irdischen Analogien und Erfahrungen es sei, eine Welt zu hoffen — d. h. zu schaffen — eine transzendente Schäferwelt, von der wir weder ein Ab= noch Urbild ken= nen, eine Welt, der nichts Geringeres als Gestalt und Name und Atlas und Planiglob und ein Weltumsegler Vespuzius Amerikus abgehe, für die uns weder Chemie noch Astrono= mie die Bestand= und Welttheile liefern wollen, ein Dunst= Universum, auf dem aus der entlaubten verdorrten Seele ein neuer Leib ausschlage, d. h. ein Nichts, auf dem sich ein Nichts beleibe . . .

O, mein guter Karlson! wie konnte deine schöne Seele eine zweite Welt, die schon hienieden in die physische ver=

erzet ist, wie lichte Krystalle in Gletscher, auslassen, nämlich die in unserm Geiste glühende **Sonnenwelt der Tugend, Wahrheit und Schönheit** *), deren Goldader auf eine unbegreifliche Art den dunkeln schmutzigen Klumpen der Sinnenwelt glänzend durchwächst!

Ich gab nun meine Antwort: „Ich will Ihre zwei „Schwierigkeiten mildern, und dann will ich meine unzäh= „ligen gegen Sie vorführen. Sie sind kein Materialist**); „Sie nehmen also an, daß die geistigen und die körperlichen „Thätigkeiten nur einander begleiten und gegenseitig er= „wecken. Ja, der Körper ist die Tastatur der inneren Har= „monika durch alle Glocken hindurch. Man hat bisher nur „die körperlichen Ripienstimmen zu den Empfindungen „aufgezeichnet, z. B. das schwellende Herz und das trägere „Blut bei der Sehnsucht — die Gall=Ergießung bei dem „Zorn und so fort. Aber das Flechtwerk, die Anastomosie= „rung zwischen dem innern und äußern Menschen ist so „lebendig und innig, daß zu jedem Bilde, zu jeder Idee „eine Nerve, eine Fiber zucken muß; man sollte die körper= „lichen Nachklänge auch bei dichterischen, algebraischen, arti= „stischen, numismatischen, anatomischen Ideen beobachten „und auf die Noten der Sprache setzen. — Aber der Re= „sononzboden des Körpers ist weder die geistige Tonleiter „noch ihre Harmonie; die Betrübniß hat keine Aehnlichkeit „mit der Thräne, die Beschämung hat keine mit dem in „die Wangen gesperrten Blute, der Witz keine mit dem „Champagner, die Vorstellung von diesem Thal hat nicht. „die geringste mit dem Dosenstück davon auf der Retina „Der innere Mensch, dieser verhüllte Gott in der Statue,

---

*) Schönheit in jener Zusammensetzung nehm' ich allezeit in dem Sinn, den Schiller in seiner ästhetischen Kritik damit verknüpft, eine Preisschrift seines Genius über die Schönheit, der hier, wie Longin über das Erhabene, der Maler und der Gegenstand zugleich ist.

**) Wär' er's aber gewesen, so würd' ich ihm den 9ten Schalttag pag. 8 im 4. Th. des Hesperus vorgelesen haben.

„ist nicht selber von Stein wie diese; in den steinernen Glie=
„dern wachsen und reifen seine lebendigen nach einer un=
„bekannten Lebensweise. Wir geben zu wenig darauf Acht,
„wie der innere Mensch sogar den äußern bändigt und
„formt, wie z. B. Grundsätze den zornfähigen Körper, der
„nach der Physiologie von Woche zu Woche heftiger brennen
„müßte, allmählich kühlen und löschen, wie schon der Schre=
„cken, der Zorn die zerreißende aus einander geschobene
„Textur des Körpers mit geistigen Klammern hielt. Wenn
„das ganze Gehirn gleichsam paralytisch, und jede Fiber
„eingeroftet und verquollen ist, und der Geist Fußblöcke
„schleppt, so braucht er nur zu wollen (welches er jede Mi=
„nute kann); es braucht nur einen Brief, eine frappante
„Idee, so ist ohne körperliche Hülfe das Fibern=Gehwerk
„und das geistige Repetierwerk wieder im Gang.“

Wilhelmi sagte: „Der Geist ist also eine Uhr, die sich
„selber aufzieht.“ — „Irgend ein Perpetuum Mobile muß
„es ohnehin geben, weil sich alles schon seit einer Ewigkeit
„bewegt (sagt' ich) — die Sache ist aber, der Geist läuft
„entweder nie ab, oder er ist der Uhrmacher. Ich kehre
„wieder zur Sache.“

„Wenn eine zertriebene Pulsader in der vierten Gehirn=
„kammer des Sokrates das ganze Land seiner Ideen unter
„ein Blutbad setzt: so werden zwar alle seine Ideen und
„seine moralischen Neigungen vom Blutwasser überdeckt,
„aber nicht zerstört, weil nicht die ertränkten Gehirnkügelchen
„tugendhaft und weise waren, sondern sein Ich, und weil
„die Abhängigkeit des Uhrwerkes vom Gehäuse in Rücksicht
„des Bestäubens u. s. w. ja nicht die Identität von beiden
„oder gar den Satz beweiset, die Uhr bestehe aus lauter
„Gehäusen. Da die geistigen Thätigkeiten keine körperlichen
„sind, sondern ihnen blos entweder nach= oder vorgehen;
„und da jede geistige so gut im Geiste als im Körper
„Spuren lassen muß: sind denn, wenn der Schlagfluß oder
„Alter die körperlichen weglöscht, darum auch die geistigen

„verloren? Unterscheidet denn der Geist eines kindischen
„Greises sich in nichts von dem Geiste eines Kindes?
„Büßet Sokrates' Seele, in 'Borgia's Körper wie in ein
„Schlammbad eingescheidet, ihre moralischen Kräfte ein und
„tauschet sie auf einmal ihre tugendhaften Fertigkeiten gegen
„lasterhafte aus? — Oder soll in der Ehe zur linken Hand,
„die wiewol ohne Gütergemeinschaft zwischen Leib und
„Geist ist, die eine eheliche Hälfte mit der andern nur
„gewinnen, nicht auch verlieren? Soll der ablaktierte Geist
„nur den blühenden, nicht auch den welkenden Körper ver=
„spüren? Und sollt' er's, so müßte die um ihn geschlagene
„Erde ihm, wie der Lauf unserer Erde den obern Pla=
„neten, den Schein des Stockens und Zurückgangs ertheilen.
„Sollten wir einmal enthüllet werden, so mußte es die
„langsame Hand der Zeit, d. h. das raubende Alter thun;
„sollt' einmal unsere Rennbahn nicht auf Einer Welt aus=
„laufen, so mußte die Kluft vor der zweiten allemal wie
„ein Grab aussehen. Die kurze Unterbrechung unsers
„Ganges durch das Alter, und die längere durch das
„Sterben heben diesen Gang so wenig auf wie die kür=
„zere durch den Schlaf. Wir halten beklommen, wie der
„erste Mensch, die totale Sonnenfinsterniß des Schlum=
„mers für die Nacht des Todes, und diese für den jüng=
„sten Tag einer Welt."

„Welches eben noch zu erweisen ist, ob ich's gleich selber
„glaube," versetzte Phylax.

Aber nun schlossen neue Schönheiten meine Antwort
und die 506te Station.

N. S. Heute hat man mir gesagt, der Kaplan habe er=
klärt, er habe absichtlich auf eines und das andere nichts
erwidert, er wünsche aber, ich erschiene einmal damit in
Druck, dann hoff' er seine Meinung zu äußern. Das möchte
aber wol der gute Mann nicht erleben, daß dieser Brief
gedruckt wird, und er wird passen müssen.

507. Station.

Der Diebstahl des Souvenirs — Antworten auf vorige Stationen — über die Auswanderung der Todten in Planeten — die dreifache Welt im Menschen — die Klage ohne Trost — Siegel der Unsterblichkeit — das Lustschloß — die Montgolfieren — Entzückungen.

Wenn es drei Uhr und einem wandernden ökumenischen Konzilium außerordentlich wohl und ein wenig warm ist, und wenn gerade der schmalere Adour, der am Thalende entquillt, sich um ein Erdzüngelchen ringelt und über den auf seinem Bette schlafenden Mond *) seinen Silberflor zieht — wenn um die Erdzunge, diesen blumigen Ankerplatz, halb Wasserstück, halb bowlinggreen, eine breitlaubige Ahorn=Arkade wacht, unter der ein aus den Zweigen auf Rasen herausgeschlüpftes, mit Sonnenlicht vergoldetes Nachtstück zittert, das der rauschende bunte Streusand auf dem Buch der Natur, die Insekten, sticken — wenn das Hämmern in den glänzenden Marmorbrüchen und die lebendigen Alphörner, das blökende Weidevieh und das Rauschen von den Wellen bis zu den Aehren und Gipfeln hinauf das Herz voll Lebensbalsam, den Kopf voll Lebensgeister gießet — und wenn so viel Schönheiten zu sehen und zu hören sind: so ist Schönheiten, welche gehen, damit gedient, daß sie sich auf die Erdzunge niedersetzen, und daß die Polsterträger, die sie bedienen, vorher etwas zum Untersatz für die Arme unterbreiten.

Mein lieber Viktor, das wurde alles in's Werk gerichtet.

Im Sitzen schienen lange Reden nicht so thunlich wie im Lauf; auch hatten sie schon vorher, als man mit den Augen sich diese Erdenge zum Luftlager abstach, etwas gelitten. Ich hielt mich auf dem Ufer — die Stiefeln hingen über dem Adour — unweit Nadinen auf, die jetzt in dem vom Schatten getuschten Wiederschein der Wellen ein herrliches bleiches Roth (als hätte sich eine Purpurschnecke

*) Die unter dem Wasser gemilderte nachgespielte Sonne.

auf der Wange verblutet) zeigen konnte. Der Gang und der rothe Sonnenschirm waren zu grelle Koloristen gewesen.

Guter Bruder, ich schickte mich an, mich zu verlieben. Die operierte Warze wollte als Eckstein des Aergernisses, als negative Elektrizität nicht viel sagen; Warzen haben ihr Gutes.

Nadine brach Flatterrosen und andere Blumen. Ich zog ein leeres Schmuckkästchen — es wurde wie der 9te Chorstuhl oder der Eliasstuhl*), oder der limbus patrum nicht besetzt — aus der Tasche und hielt es offen unter, mit der Bitte, die Blumen darein auszuschütteln und aus= zustoßen, damit ich die wenigen Skolopender**) bekäme, die ohnehin wie die Talglichter mehr für das Auge als die Nase wären. Wir zogen ein ganzes Wormser Dreizehner Kollegium von Feuerasseln aus den Blumenkelchen gefäng= lich ins Kästchen ein.

Unter dem Blumenspiel, das uns einander näherte, fiel mir ein ganzer verkleinerter Mai auf die Schneiberische Haut; ich sah mich nach den Blumen=Poren um. Es war nichts auszufinden, bis ich aus der linken Tasche Nadinens ein in Montpellier mit wohlriechenden Kräutern gefüttertes Sou= venir vorgaffen sah. Eine Schöne bestehlen ist oft nichts Geringeres, als sie beschenken; ich hielt es für sachdienlich, Nadinen die riechende Schreibtafel heimlich zu entwenden, um nachher einen Flakon und einen Spaß daraus zu machen. Ich kartete das Spolium so, daß gerade der Ba= ron meine kriechende Hand sah, als sie das Werkchen aus der Tasche holte.

„Aus dem Souvenir (dacht' ich) kann sich eine und die

---

*) Bei der Beschneidung setzen die Juden einen Stuhl für den Be= schneider und einen für den Propheten Elias hin, der sich unsichtbar dar= auf setzt.

**) Skolopender oder Feuerasseln leuchten Nachts; man muß sich hüten sie nicht aus den Blumenkelchen mit den Düften ins Gehirn zu ziehen.

„andere Szene entspinnen. Riechen kann man ohnehin
„daran." Für den Diebstahl des Riechsäckchens hielt ich sie
durch die Skolopender schadlos, deren Gefängniß ich auf
der Stelle in ihre Tasche spielte. Der Baron war Zeuge.

Wilhelmi sagte, als wir aufstanden: „Abends sind wir
„durch die Wagen getrennt und betäubt; falls noch etwas
„auszumachen ist . . . ."

„Etwas? (versetzte Phylax) Alles ist noch auszumachen.
„Sie haben jetzt, H. J. P., zuvörderst die zweite Schwierig=
„keit zu heben."

„Heben? (fragt' ich) die Decke einer ganzen künftigen
„Welt soll ich heben wollen? Ich komme ja erst hinein
„und nicht daraus her. Aber eben diese Unähnlichkeit der
„zweiten Welt, diese inkommensurable Größe hat ihr die
„meisten Apostaten gemacht; nicht das Zerspringen unserer
„körperlichen Puppenhaut im Tode, sondern der Abstand
„unsers künftigen Lenzes vom jetzigen Herbst wirft so viele
„Zweifel in die arme Brust. Das sieht man an den Wil=
„den, die das zweite Leben nur für den zweiten Band, für
„das neue Testament des ersten halten, und zwischen beiden
„keinen Unterschied annehmen, als den zwischen Alter und
„Jugend: diese glauben ihren Hoffnungen leicht. Ihre erste
„Schwierigkeit, das Abspringen und Zerbröckeln der Kör=
„per=Glasur, entzieht gleichwol den Wilden die Hoffnung
„nicht, in einer neuen Blumenvase wieder aufzukeimen. Aber
„Ihre zweite Schwierigkeit vermehret sich und die Zweif=
„ler täglich, denn durch die Menstrua und Apparate der
„wachsenden Chemie und Physik wird die zweite Welt täg=
„lich besser niedergeschlagen oder verflüchtigt, weil diese
„weder in einen chemischen Ofen, noch unter ein Sonnen=
„mikroskop zu bringen ist. Ueberhaupt muß nicht blos die
„Praxis des Körpers, sondern auch die Theorie desselben,
„nicht blos die angewandte Erdmeßkunst seiner Lüste,
„sondern auch die reine Größenlehre der sinnlichen Welt
„den heiligen in sich zurückgesenkten Blick auf die innere

„Welt dießseits der äußern verfinstern und erschweren. Nur
„der Moralist, der Psycholog, der Dichter, sogar der Artist
„fasset leichter unsere innere Welt; aber dem Chemiker, dem
„Arzte, dem Meßkünstler fehlen dazu die Seh= und Hör-
„röhre, und mit der Zeit auch die Augen und Ohren.

Im Ganzen find' ich viel weniger Menschen, als man
„denkt, welche das zweite Leben entschieden entweder glau-
„ben oder läugnen; die wenigsten wagen es zu läugnen —
„da das jetzige dadurch um alle Einheit, Haltung und Rün-
„dung und Hoffnung käme — die wenigsten wagen es an-
„zunehmen — da sie über ihre eigene Verherrlichung erschre-
„cken und über das Erbleichen der verkleinerten Erde — son-
„dern die meisten schwanken dichterisch nach dem Stoße
„alternierender Gefühle im Zwischenraum beider Meinun-
„gen auf und ab.

„Wie wir Teufel leichter als Götter malen, Furien leich=
„ter als die Venus Urania, die Hölle leichter als den Him-
„mel, so glauben wir auch leichter jene als diese, leichter
„das größte Unglück als das größte Glück: wie sollte nicht
„unser an Fehlschlagungen und Erdenketten gewöhnter Geist
„über ein Utopien stutzen, an dem die Erde scheitert, damit
„die Lilien derselben, wie die Gueensey=Lilien, das Ufer zum
„Blühen finden*), und das die gequälten Menschen errettet
„und befriedigt und erhebt und beglückt?"

„Ich komme zu Ihrer Schwierigkeit. Mich dünkt sogar,
„wenn einer das Grab für den Kommunikationsgraben
„bloßer verwandter Globen nähme, so sollte ihn seine Un-
„wissenheit über die zweite Weltkugel nicht erschrecken, und
„wir dürfen darum, weil wir durch das tiefe Gewässer des
„todten Meers nicht durchblicken können, nicht schließen, daß
„sich die Gebirge der Menschheit nicht im todten Meere

---

*) Die Gueensey=Lilie aus Japan hat ihren Namen von der Insel
Gueensey, auf welche ein scheiterndes Schiff, das damit beladen war, sie
ausschüttete und aussäete.

„fortziehen, so wie alle Bergrücken unten auf dem Meeres=
„boden weiter laufen. Wie? der Mensch will Welten er=
„rathen, der keine Welttheile erräth? Würde der Grön=
„länder den Neger, den Wiener, den Dänen, den Griechen
„ohne Urbilder in seiner Gehirnkammer abschatten? Weissagt
„ohne Erfahrung das politische Genie sich die innere Ver=
„sifikation des poetischen, der Abderit die Bauart des Wei=
„sen? — Würden wir nur Eine von den Thiergestalten
„des hinabwärtssteigenden Anthropomorphismus errathen
„haben, der die Menschengestalt in allen Thieren nachdruckt
„und doch in allen verändert? Oder hätte ein unbeleibtes
„Ich, mit allen hiesigen Logiken und Metaphysiken in das
„vacuum postiert, je durch Denken Eine Ader seiner jetzi=
„gen Verkörperung und Menschwerdung erdacht?" —

„Was verneinen oder bejahen Sie denn eigentlich?"
sagte Wilhelmi.

„Ich bejahe nur, daß deßwegen noch nicht ein zweites
„Leben auf einem Planeten zu verneinen wäre, weil wir
„den Planeten nicht mappieren und die Einwohner nicht
„portraitiren können. Wir brauchen aber keine Planeten."

Der Baron sagte: „Ach, ich dachte mir oft die große
„Tour durch die Sterne so reizend! Es war die Lokation
„eines Schülers von einer Klasse zur andern — die Klassen
„sind hier Welten."

„Auf allen diesen Erden (sagte der Rittmeister) wirst
„du abgewiesen wie auf unserer, wenn du ohne Körper hin=
„ein willst. Durch welches Wunderwerk bekömmst du einen?"

„Durch ein wiederholtes (sagte ich), denn den ge=
„genwärtigen haben wir ja schon durch eines. Zum Vor=
„theil der Planetenwanderung kann man noch sagen: unser
„Auge trennt die Welten zu sehr, deren jede nur ein Ele=
„ment des unendlichen zusammenwirkenden Integrales
„ist. Die verschiedenen Erden und Nebenerden über und
„um uns sind nur entferntere Welttheile; der Mond ist

„nur ein kleineres entlegneres Amerika, und der Aether
„ist das Weltmeer."

„Das ist so (sagte Nadine), wie ich mir vor einigen Ta=
„gen die Einwohner eines Zitronenbaumes dachte. Das
„Würmchen auf dem Blatt denkt etwan, es sei auf der grü=
„nen Erde, das zweite Würmchen auf der weißen Blüte
„glaubt sich auf dem Vollmond, und das auf der Zitrone
„denkt sich auf die Sonne."

„Doch ist nur (sagt' ich) ein Baum des unermeßlichen
„Lebens. Wie um den Erdkern weitere und feinere Umfas=
„sungen gehen, die Erde, die Meere, der Luftkreis, der Aether,
„so umschlingt den Riesen einer Welt ein immer größerer
„mit längeren Armen. Das längere Band ist das feinere, wie
„die Lichtmaterie und Anziehungskraft, die schöne Umschlin=
„gung dehnt sich weicher von Eisenringen zu Perlenschnüren
„aus bis zu Blumenketten und Regenbogen und Milch=
„straßen."

„Wollen wir wieder von der Milchstraße herab (sagte
Karlson), denn wir können eben nicht hinauf. Eben diese
„allgemeine Einheit des Universums schließet das Durch=
„wärmen der Emigranten aus der Erde aus; jeder Planet
„ist mit seiner Schiffsmannschaft schon bevölkert; dichtere
„Planeten z. B. der Merkur, mit wahren Matrosen."

„Ganz wie es Kant vermuthet!" sagte Phylax.

„Feinere, lockere, wie z. B. der Uranus mit den zärte=
„sten Wesen, vieleicht blos mit Schönen und Charitinnen,
„die ohnehin die Sonne nicht lieben. Wer den sogenann=
„ten Geist oder Spiritus rektifizieren will, indem er ihn
„aus dem Brennkolben eines Planeten in den andern über=
„zieht, der kann eben so gut versichern, daß die Geister aus
„dem verschlackten Merkur in einer Destillation durch Nieder=
„steigen in unsere Erde ihre Dephlegmation erhalten, kurz,
„daß die Erde die zweite Welt für Merkur und Venus ist
„— ja die Verstorbenen aus den Polarzonen könnten (es
„wäre destillatio per latus) in die gemäßigten fahren. Denn

„auf allen Planeten können am Ende doch nichts sein als „gröbere oder feinere Men f ch en*), wie wir."

Karlson wartete auf Widerlegung und Kontraapprochen. Ich sagte aber, seine Meinung sei völlig die meinige.

„Ich habe noch einen stärkern Grund (fuhr ich fort) ge= „gen die Auswanderung und voyage pittoresque durch „Planeten: weil wir in unserer Brust einen Himmel voll „Sternbilder tragen und verschließen, für den keine be= „schmutzte Weltkugel weit und rein genug ist. Aber darüber „muß ich wenigstens so lange reden dürfen, bis wir alle „Waizenfelder hindurch sind."

Viktor! unser Luftsteig war jetzt eine Allee durch Zau= bergärten, unser Durchgang durch ein grünes Meer von Aehren wurde auf beiden Seiten von einem gelobten Lande umgeben und begleitet, auf dem vereinzelte Häuser unter gruppierten Laubhainen ausruhten, wie in Italien Nach= mittags die Sieste-Schläfer zerstreuet auf beschatteten Auen. Es wurde mir Ausführlichkeit verstattet.

„Es gibt eine innere in unserem Herzen hängende „Geisterwelt, die mitten aus dem Gewölbe der Körperwelt „wie eine warme Sonne bricht. Ich meine das innere „Universum der Tugend, der Schönheit und der Wahr= „heit, drei innere Himmel und Welten, die weder Theile, „noch Ausflüsse und Absenker, noch Kopien der äußeren „sind. Wir erstaunen darum weniger über das unbegreif= „liche Dasein dieser drei transzendenten Himmelsgloben, „weil sie immer vor uns schweben, und weil wir thöricht „wähnen, wir erschaffen sie, da wir sie doch blos erken= „nen**). Nach welchem Vorbild, mit welcher plasti=

---

*) Denn die klimatischen Unterschiede der Planeten müssen zwar wie die klimatischen Verschiedenheiten unserer Zonen Neger, Pescherähs, Grie= chen, aber doch immer Menschen geben.

**) Man sollte daher nicht sagen: mundus intelligibilis, sondern mun- dus intellectus.

„schen Natur, und woraus könnten wir alle dieselbe „Geisterwelt in uns hineinschaffen? Der Atheist z. B. frage „sich doch, wie er zu dem Riesen-Ideal einer Gottheit ge= „kommen ist, das er entweder bestreitet, oder verkörpert? „Ein Begriff, der nicht aus verglichenen Größen und Gra= „ben aufgethürmt ist, weil er das Gegentheil jedes Maßes „und jeder gegebenen Größe ist — kurz, der Atheist spricht „dem Abbild das Urbild *) ab. — Wie es Idealisten „der äußern Welt gibt, die glauben, die Wahrnehmungen „machen die Gegenstände — anstatt daß die Gegenstände „die Wahrnehmnngen machen — so gibt es Idealisten „für die innere Welt, die das Sein aus dem Scheinen, „den Schall aus dem Echo, das Bestehen aus dem Bemer= „ken deduzieren, anstatt umgekehrt das Scheinen aus dem „Sein, unser Bewußtsein aus Gegenständen desselben zu er= „klären. Wir halten irrig unsere Scheidekunst unserer „innern Welt für die Präformation derselben, d. h. der „Genealogist verwechselt sich mit dem Stammvater und „Stammhalter."

„Dieses innere Universum, das noch herrlicher und be= „wunderungswerther ist als das äußere, braucht einen an= „dern Himmel als den über uns, und eine höhere „Welt, als sich an einer Sonne wärmt. Daher sagt man „mit Recht nicht die zweite Erde oder Weltkugel, sondern „die zweite Welt, d. h. eine andere jenseits des Uni= „versums."

Gione unterbrach mich jetzt schon: „Und jeder Tugend= „hafte und jeder Weise ist zugleich ein Beweis, daß er ewig „lebe." — „Und jeder (fügte Nadine schnell hinzu), der un= „verschuldet leidet."

---

*) Man sage immerhin, mit dieser Wendung werde jedes Utopien, das auch ein Abbild sei, realisiert, denn das Urbild aller Träume, Severamben= länder, Utopien ꝛc. existiert auch wirklich — wiewol stückweise; hinge= gen das Urbild des Unendlichen kann nicht stückweise existieren.

„Ja, das ist's (sagt' ich gerührt), was unsere Lebenslinie
„durch die lange Zeit hinburchzieht. Der Dreiklang der
„Tugend, der Wahrheit und der Schönheit, der aus einer
„Sphärenmusik genommen ist, rufet uns aus dieser dumpfen
„Erde heraus und rufet uns die Nähe einer melodischen
„zu. Wozu und woher wurden diese außerordent=
„lichen Anlagen und Wünsche in uns gelegt, die blos wie
„verschluckte Diamanten unsere erdige Hülle langsam zer=
„schneiden? Warum wurde auf den schmutzigen Erdenkloß
„ein Geschöpf mit unnützen Lichtflügeln geklebt, wenn es in
„die Geburtsscholle zurücksaulen sollte, ohne sich je mit den
„ätherischen Flügeln loszuwinden?"

Wilhelmi sagte bewegt: „Ich träume selber gern im
„Schlafe dieses Lebens den Traum von einem zweiten.
„Aber könnten unsere schönen geistigen Kräfte nicht uns zur
„Erhaltung und zum Genusse des jetzigen Lebens ver=
„liehen sein?"

„Zur Erhaltung? (sagt' ich.) Also wurde ein Engel in
„den Körper gesperrt, um der stumme Knecht und Einheizer
„und Frater Kellner und Frater Küchenmeister und Thür=
„wärter des — Magens zu sein? Waren nicht Thierseelen
„im Stande, die Menschenleiber auf den Obstbaum und
„auf den Tränkheerd auszutreiben? Soll die ätherische
„Flamme den körperlichen Kanonen= oder Zirkulirofen
„mit Lebenswärme blos gehörig ausbrennen und backen,
„den sie ja verkalkt und auflöset? Denn jeder Erkenntniß=
„baum ist der Giftbaum des Körpers, und jede Verfeine=
„rung eine langsame Kelchvergiftung; aber umgekehrt
„ist das Bedürfniß der eiserne Schlüssel zur Freiheit — der
„Magen ist der mit Düngersalz gefüllte Treibscherben
„der Blüte der Völker — und die verschiedenen thierischen
„Triebe sind nur die erdigen beschmutzten Stufen zum griechi=
„schen Tempel unserer Veredlung."

„Zum Genusse, sagten Sie noch — d. h. wir bekamen
„zum Futter des Thiers den Gaumen und Hunger des

„Gottes. Der Theil, der an uns von Erde ist und der
„auf Wurmringen kriecht, ja, dieser lässet sich allerdings wie
„der Erdwurm mit Erde füllen und mästen. Die Arbeit,
„der körperliche Schmerz, der Heißhunger der Bedürfnisse
„und der Tumult der Sinne verdrängen und ersticken bei
„Völkern und Ständen den geistigen Herbstflor der Mensch-
„heit; alle jene Bedingungen der irdischen Existenz müssen
„erst abgethan sein, ehe der innere Mensch die Forderungen
„für die seinige machen kann. Daher kömmt den Unglück-
„lichen, die noch die Geschäftsträger des Körpers sein
„müssen, die ganze innere Welt nur wie ein Luft- und
„Spinnengewebe vor, wie einer, der nur in die elektrische
„Atmosphäre, anstatt an den Funken selber geräth,
„durch ein unsichtbares Gespinnst zu greifen meint. Ist
„aber einmal unser nothwendiger Thierdienst vorbei, der
„bellende innere Thierkreis abgefüttert, und das Thiergefecht
„ausgemacht: dann fodert der innere Mensch seinen Nektar
„und sein Himmelsbrod, der sich, wenn er nur mit Erde
„abgespeiset wird, alsdann in einen Würgengel und Höllen-
„gott verwandelt, der zum Selbstmord treibt, oder in einen
„Giftmischer, der alle Freuden verdirbt*). Denn der ewige
„Hunger im Menschen, die Unersättlichkeit seines Herzens
„will ja nicht reichlichere, sondern andere Kost, nur
„Speise statt Weide; bezöge sich unser Darben nur auf
„den Grad, nicht auf die Art, so müßte uns wenig-

---

*) Dieses gilt am meisten von den höhern und reichern Ständen, wor-
in bei so vielen die Saturation der fünf Kamelmägen der fünf Sinne und
die Verhungerung der Psyche sich mit einem ekelhaften Ekel am Leben und
mit einer widrigen fleischlichen Vermischung höherer Wünsche und
niederer Lüste beschließet. Der Wilde, der Bettler, der Kleinstädter
übertreffen sie weit am Sinnengenuß, da an diesem, wie an den Häusern
der Juden (zum Andenken des ruinierten Jerusalems), immer etwas un-
vollendet gelassen werden muß, und da eben Arme noch zu wenige Foderungen des erdigen Menschen befriedigt haben, um von den Foderungen
des ätherischen überlaufen und gepeinigt zu werden.

„stens die Phantasie einen Sättigungsgrad vormalen
„können; aber sie kann uns mit der gemalten Aufthürmung
„aller Güter nicht beglücken, wenn es andere als Wahr=
„heit, Tugend und Schönheit sind.“

„Aber die schönere Seele?“ sagte Nadine. Ich ant=
wortete: „Diese Unförmlichkeit zwischen unserem Wunsche
„und unserem Verhältniß, zwischen dem Herzen und der
„Erde, bleibt ein Räthsel, wenn wir dauern, und
„wäre ein Blasphemie, wenn wir schwinden. Ach,
„wie könnte die schöne Seele glücklich sein? Fremdlinge, die
„auf Bergen geboren sind, zehret in niedrigen Gegenden
„ein unheilbares Heimweh aus — wir gehören für einen
„höheren Ort, und darum zernagt uns ein ewiges Sehnen
„und jede Musik ist unser Schweizer=Kuhreigen. Am Mor=
„gen des Lebens sehen wir die Freuden, die den bangen
„Wunsch der Brust erhören, von uns entfernt aus späten
„Jahren herüberschimmern; haben wir diese erreicht, so
„wenden wir uns auf der täuschenden Stätte um und sehen
„hinter uns das Glück in der hoffenden kräftigen Jugend
„blühen, und genießen nun, statt der Hoffnungen, die
„Erinnerungen der Hoffnungen. So gleichet die
„Freude auch darin dem Regenbogen, der am Morgen
„vor uns über den Abend schimmert, und der Abends
„sich über den Osten wölbt. — Unser Auge reicht so weit
„als das Licht, aber unser Arm ist kurz und erreicht nur
„die Frucht unsers Bodens.“

— „Und daraus ist zu folgern?“ fragte der Kaplan.

„Nicht daß wir unglücklich, sondern daß wir unsterblich
„sind, und daß die zweite Welt in uns eine zweite außer
„uns fodert und zeigt. Ach, was könnte man über dieses
„zweite Leben, dessen Anfang schon so klar im jetzigen ist,
„und das uns so sonderbar verdoppelt, nicht sagen? Warum
„ist die Tugend zu erhaben, um uns selber und — was
„noch mehr ist — andere (sinnlich=) glücklich zu machen?
„Warum nimmt mit einer gewissen höhern Reinheit des

„Charakters das Unvermögen zu, der Erde, wie man sich „ausdrückt, Nutzen zu schaffen, wie es nach Herschel Sonnen „gibt, denen Erden fehlen? — Warum wird unsere Brust „von dem langsamen Fieberfeuer einer unendlichen Liebe „für einen unendlichen Gegenstand ausgetrocknet und aus= „gehöhlt und endlich gebrochen und nur von der Hoffnung „gelindert, daß diese **Brustkrankheit** wie eine physische „einmal die **Eis stücke** des Todes überdecken und heben?"

„Nein, sagte Gione mit einem bewegteren Auge als „Tone, es ist kein Eis, sondern ein Blitz — wenn das Herz „als Opfer auf dem Altare liegt, so fällt das Feuer vom „Himmel und zerlegt es, zum Beweis, daß ihm das Opfer „wohlgefallen."

Ich weiß nicht, warum sie gerade mit dieser beruhigten Stimme meine ganze Seele — nicht blos meine Schlußkette — so schmerzlich zerriß. Sogar Nadinens Augen, die über die eigenen Erinnerungen siegten, wurden durch die schwester= lichen naß, und sie hob, ob sie gleich sonst ekler und furcht= samer als Gione ist — vorübergehend von einem Kartoffel= stock, der aus einem Garten herausstand, einen großen unter dem haarigen Laube hängenden Nachtschmetterling ab und zeigte ihn uns mit einem festen Munde, den ein Lä= cheln erweichen sollte. Die Phaläne war der sogenannte Todtenkopf; ich strich die wie an einem Geier gesenkten Flü= gel und sagte: „sie ist aus Aegypten gebürtig, dem Lande „der Mumien und Gräber, und trägt selber ein memento „mori auf dem Rücken und ein Maestoso und Miserere im „Klage=Rüssel.

„Inzwischen ist sie ein Schmetterling und besiegt ihre „Nektarien, und das wollen wir Tagvögel auch thun," sagte gut Wilhelmi; aber gerade dieses Wort nahm er mir ordent= lich aus dem Munde.

Auf Gionens Angesicht stand wieder sinnende Ruhe, und sie wurde mir durch die Stille ihres Grams unendlich schön und groß. Du sagtest einmal, die weibliche Psyche muß

nie, obwol glühend=zerstochen, krampfhaft mit den Flügeln
um sich schlagen, weil sie sonst, wie andere Schmetterlinge,
den Schmuck derselben zerschlägt: ach, wie wahr ist das! —

Nadinens Augen glänzten selten, ohne endlich zu tro=
pfen, und jede wehmüthige Regung hielt lang' in ihrem Her=
zen an, eben weil sie sich vorher lange vor ihr hütete. Sie
glich überhaupt den Quellen, die die entgegengesetzte Tem=
peratur der Tagszeit annehmen, und die gerade der küh=
lende Abend erwärmt. Sie sagte gerührt zu mir (und suchte
mit ihrer Hand in ihrer linken Tasche): „Ich kann Ihnen
„Verse zeigen, die Ihre Prosa beweisen." Unter dem Suchen
und Stehen blieb sie und ihr Führer, Wilhelmi, zurück.
Er errieth eher als ich, daß sie mir aus ihrem Souvenir
etwas geben wolle. Er nahm sogleich, als sie statt dessel=
ben mein Skolopender=Gefängniß herausbrachte, verbindlich
das Wort: „Er habe zwar nicht mit den Händen, aber doch
„mit den Blicken zum Diebstahl mit geholfen und bitte als
„Hehler um Gnade." Die ernste Stimmung vertrug kaum
die ernste Entschuldigung dieser Unbedachtsamkeit; ich sagte:
„Ich wollte einen mehr vergeblichen als verzeihlichen Scherz
„einleiten; aber ich . . . ." Sie schlug mir, ohne mich aus=
reden zu lassen, weich und unverändert — ich rechne ein
strafendes und ein vergebendes Lächeln ab — das Blatt
im aromatischen Buche auf, das des edeln Karlsons Trauer=
gedicht auf den Untergang der hohen Gione enthielt, dessen
prosaischen Nachhall ich dir aus meinem prosaischen Ge=
dächtniß hier willig gebe:

Die Klage ohne Trost.

Was ist das für ein Gewölke, das wie die Wolken der
Wendekreise nur von Morgen gegen Abend fliegt und
dann untergeht? Es ist die Menschheit. — Ist das der
Magnetberg mit den Nägeln angerissener zerbrochener Schiffe
überdeckt? Nein, es ist die große Erde von den Knochen
zertrümmerter zerfallner Menschen bestreut.

Ach warum hab' ich denn geliebt? Ich hätte nicht so viel verloren.

Nadine, gib mir deinen Schmerz, denn die milde Hoffnung ist darin. Du stehest neben deiner zermalmten Schwester, die unter dem Leichenschleier zerrinnt, und blickest auf zu den zitternden Sternen und denkst: droben da wohnst du, Gute, und auf den Sonnen finden wir die Herzen wieder, und die kleinen Thränen des Lebens sind vergangen.

Aber meine stehen fest und brennen im wunden Auge fort. Meine Zypressen=Allee ist nicht offen und zeigt keinen Himmel. Das Menschenblut malet auf den Leichenmarmor die flüssige Gestalt, die ein Mensch genannt wird, wie Oel auf Marmortafeln zu Wäldern gerinnt: der Tod wischt den weichen Menschen weg und lässet den Grabstein zurück. Ach Gione, ich hätte einen Trost, wärest du nur weit von uns allen in eine bewölkte Wüste geworfen, oder in die Schachte der Erde, oder hinauf in die entfernteste Welt des Aethers — aber du bist vergangen, du bist vernichtet. Deine Seele ist gestorben, nicht nur deine Hülle und dein Leben.

O steh' her, Nadine, hier auf dem Richtplatz der Zeit liegt mit der Todtenfarbe der Geisterwelt der zerknirschte Engel. Unsere Gione hat alle ihre Tugenden verloren, ihre Liebe und Geduld und ihre Stärke und ihr ganzes großes Herz und den weiten reichen Geist! der Wetterstrahl des Todes hat den Diamant zerschmolzen, und die wächserne Statue des Körpers zerfließet nun langsam unter der Erde.

Nimm die schöne Hülle eilig weg, Schlange der Ewigkeit, die, wie die große Schlange, den kleinen Menschen anfangs vergiftet und endlich verschlingt.

Aber ich, Gione, stehe noch stark mit dem unvernichteten Schmerz, mit der unvernichteten Seele an deinen Ruinen und denke dich weinend, bis ich verschwinde. Und meine Trauer ist edel und tief, denn sie hat keine Hoffnung.

Mit der Sonne steige gleich dem Neumond*) deine un-
sichtbare Schatten-Gestalt am Himmel herauf in meinem Geist

Und das Schöpfrad der Zeit, das mit unzähligen Herzen aufsteigt und sie voll Blut schöpft, und das sie ins
Grab ausleeret und sterben lässet, gieße meines nur zögernd
aus; denn ich will lange um dich Schmerzen haben, du
Vergangene!

Ich kann dir nicht sagen, geliebter Viktor, wie abscheulich und gräßlich mir der ewige Schnee eines vernichtenden
Todes jetzt neben der edeln Gestalt vorkam, die er überdecken sollte; wie abscheulich der Gedanke: diese nie beglückte unschuldige Seele hätte der letzte Tag, wenn Karlson Recht hatte, aus den Gefängnissen über der Erde in das
dumpfe unter ihr geführt. Der Mensch trägt seine Irr-
thümer wie seine Wahrheiten zu oft nur in Wortbegriffen
und nicht in Gefühlen bei sich; aber der Bekenner der Vernichtung stelle sich einmal statt eines sechzigjährigen Lebens
eines von 60 Minuten vor und sehe dann zu, ob er den
Anblick geliebter, edler oder weiser Menschen als zweckloser
stundenlanger Lufterscheinungen, als hohler dünner Schatten, die dem Lichte nachflattern und im Lichte sogleich zer-
fließen, und die ohne Spur und ohne Weg und Ziel nach
einem kurzen Schwanken hinaus in die alte Nacht verrinnen,
ob er diesen Anblick ertragen könnte; nein, auch ihn über-
schleicht immer die Voraussetzung der Unvergänglichkeit,
sonst hinge immer über seiner Seele, wie an dem heitersten
Himmel über Muhamed, eine schwarze Wolke, und unter
der Erde liefe überall mit ihm, wie mit dem Kain**), ein
ewiges Beben.

Ich fuhr fort, aber alle Schlüsse waren jetzt zu Gefühlen
verdichtet: „Ja dann, wenn alle Wälder dieser Erde Lust-

---

*) Der Neumond geht allezeit mit der Sonne, obwol ungesehen und
verfinstert auf.

**) Das erste ist eine christliche Sage, das andere eine rabbinische.

„haine wären, alle Thäler Kampaner, alle Inseln selige, alle
„Felder elysische, und alle Augen heiter, ja dann — — nein,
„und auch dann hätte der Unendliche unserm Geist durch
„diese Seligkeit den Eid ihrer Dauer gethan — aber jetzt,
„o Gott, da so viele Häuser Trauer=Häuser, so viele Fel=
„der Schlachtfelder, so viele Wangen bleich sind, da wir vor
„so vielen welken — rothen — zerrissenen — und geschlos=
„senen Augen vorübergehen: o! könnte jetzt die Gruft, die=
„ser rettende Hafen, blos der letzte einschlingende Strudel
„sein? Und wenn endlich nach tausend tausend Jahren un=
„sere Erde an der nähern Sonnenglut ausgestorben und je=
„der lebendige Laut auf ihr begraben wäre, könnte da ein
„unsterblicher Geist auf die stille Kugel niederschauen und den
„leeren Zeremonien= und Leichenwagen ziehen sehen und sa=
„gen: „„Drunten flieht der Kirchhof des armen Menschen=
„„geschlechts in die Krater der Sonne — auf dieser Brand=
„„stätte haben einmal viele Schatten und Träume und Wachs=
„„gestalten geweint und geblutet, aber nun sind sie alle längst
„„zerschmolzen und verraucht — fliehe hin in die Sonne, die
„„auch dich auflöset, stumme Wüste mit deinen eingesognen
„„Thränen und mit dem vertrockneten Blute!"" — Nein,
„der zerstochene Wurm darf sich emporkrümmen gegen den
„Schöpfer und sagen: „„Du hast mich nicht zum Leiden schaf=
„„fen dürfen.""

„Und wer gibt dem Wurm das Recht zu dieser Fode=
„rung?" fragte Karlson.

Gione sagte sanft: „Der Allgütige selber, der uns das
„Mitleiden gibt und der in uns allen spricht, um uns zu
„beruhigen, und der ja allein in uns die Ansprüche an ihn
„und die Hoffnungen auf ihn erschaffen hat."

Dieses schöne sanfte Wort, mein Viktor, konnte gleich=
wol nicht alle Wellen meiner erschütterten Seele legen. Aus
einem Hause in der Ferne hauchten uns Turteltauben zit=
ternde aus der Seele gezogne Klagestimmen nach. Um meine
innern Augen voll Thränen versammelten sich alle die Ge=

stalten, dere Herzen ohne Freuden*) waren, die hienieden keinen einzigen Wunsch erreichten und die, unter dem Frost und Schneegestöber des Verhängnisses erliegend, sich, wie Menschen im Erfrieren, nur einzuschlafen sehnten — und alle die Gestalten, die zu sehr geliebt und zu viel verloren haben, und deren Wunde nicht eher geneset, als bis sie der Tod erweitert, wie eine zerborstene Glocke so lange den dumpfen Ton behält, bis man den Riß vergrößert — und die nächsten Gestalten neben mir und so viele andere weibliche, deren zärtere Seele das Schicksal gerade der Marter am meisten, wie die Narzissen dem Gott der Hölle, widmet. Auch deine wahre Bemerkung kam dazu, daß du nie das Wort S c h m e r z und V e r g a n g e n h e i t vor einem weiblichen Wesen ausgesprochen, ohne ein leises Seufzen über das Bündniß dieser zwei Worte aus der leidenden Brust zu hören, weil die Weiber in dem engern Spielraum ihrer Plane und mit ihren idealischern, mehr auf

---

*) Es gibt dreierlei Menschen: einigen wurde in diesem Leben ein Himmel bescheert, andern ein limbus patrum, worin ungefähr Freude und Trauer einander gleich wiegen, und endlich einigen eine Hölle, worin der Gram vorwiegt. Menschen, die zwanzig Jahre auf dem Krankenbette voll körperlicher Schmerzen lagen, die die Zeit nicht abstumpft wie geistige, diese waren doch gewiß mehr unglücklich als glücklich und würden, ohne Unsterblichkeit, ein ewiger Vorwurf für das höchste moralische Wesen bleiben. Und gibt es keinen solchen Unglücklichen, so steht es doch in der Gewalt eines Thrannen, auf einer kinischen Marterbank unter der Assistenz eines Arztes und eines Philosophen einen solchen zu machen. Wenigstens dieser hätte dann auf eine außerweltliche Vergütung seiner Leiden Anspruch, weil der Ewige kein Wesen, das sich mehr betrübt als freuet, entstehen lassen darf.

Dazu kömmt, daß vor dem unendlichen Auge zwar der Gegenstand unsers Schmerzes, aber nie dieser selber als Täuschung erscheinen kann. Auch ist die menschliche Qual wesentlich von der thierischen verschieden; das Thier fühlt die Wunden, etwa wie wir im Schlafe, s i e h t sie aber nicht, sein Schmerz wird nicht durch das E r w a r t e n, das E r i n n e r n und das B e w u ß t s e i n desselben dreifach verlängert und geschärft, er ist ein flüchtiger Stich und mehr nicht. Und daher bekam nur unser Auge Thränen.

fremden als eignen Werth gebauten Wünschen tausendmal
mehr Fehlschlagungen zu zählen haben als wir.

Die Sonne sank immer tiefer auf die Gebirge nieder,
und Riesenschatten stiegen, wie Nachtraubvögel, aus ihrem
ewigen Schnee kalt zu uns herein. Ich nahm mit heißer
Hand Karlsons seine und sah ihm mit nassen Augen in
sein männlich=schönes Angesicht und sagte: „O Karlson,
„auf welche blühende große Welt werfen Sie einen uner=
„meßlichen Leichenstein, den keine Zeit abwälzt! Sind zwei
„Schwierigkeiten *), die sich noch dazu nur auf eine noth=
„wendige Unwissenheit des Menschen gründen, hin=
„reichend, einen Glauben zu überwältigen, der tausend größere
„Schwierigkeiten allein auflöset, ohne den unsere Existenz ohne
„Ziel, unsere Schmerzen ohne Erklärung und die göttliche
„Dreieinigkeit in unserer Brust drei Plagegöttinnen und drei
„fürchterliche Widersprüche bleiben? — Vom gestaltlosen Erd=
„wurm bis zum strahlenden Menschenangesicht, vom chaotischen
„Volke des ersten Tages bis zum jetzigen Weltalter, von der
„ersten Krümmung des unsichtbaren Herzens bis zu seinem
„vollen kühnen Schlag im Jüngling geht eine pflegende
„Gotteshand, die den innern Menschen (den Säugling des
„äußern) führt und nährt, ihn gehen und sprechen lehrt
„und ihn erzieht und verschönert — und warum? damit,
„wenn er als ein schöner Halbgott sogar mitten in den
„Ruinen seines veralteten Körper=Tempels aufrecht und er=
„haben steht, die Keule des Todes den Halbgott auf ewig
„zerschlage? Und auf dem unendlichen Meere, worin der
„kleinste Tropfenfall unermeßliche Kreise wirft, auf diesem
„hat ein lebenslanges Steigen des Geistes und ein lebens=
„langes Fallen desselben einerlei Folge, nämlich das Ende
„der Folgen, die Vernichtung **). Und da mit unserm Geiste

---

*) Nämlich die Unwissenheit über unsere Verbindung mit dem Kör=
per, und die über die Verbindung mit der zweiten Welt.

**) Man wende nicht den jährlichen Untergang der lange entwickelten
schönen Blumenwelt des Frühlings ein; denn für die körperliche Welt ist ein

„nach demselben Grunde auch die Geister aller andern Wel=
„ten fallen und sterben müssen, und nichts auf der von dem
„Leichenschleier und der Trauerschleppe überhüllten
„Unermeßlichkeit übrig bleibt, als der ewig säende und nie=
„mals erntende einsame Weltgeist, der eine Ewigkeit die an=
„dern betrauern sieht: so ist im ganzen geistigen All kein
„Ziel und Zweck, weil der in ein Universum aus succedie=
„renden oder successiven Ephemeren in eine unsterbliche Le=
„gion aus Sterbenden zertheilte und zertragene Zweck der
„Entwicklung ja keiner für die verschwundnen Ephemeren,
„höchstens für die letzte wäre, die nie kommen kann*). —

---

jedes Verhältniß ihrer Theile so gleichgültig und vollkommen, als das an=
dere, und Rosenasche ist so gut als (ohne Rücksicht auf eine organische Seele)
Rosenblüte: Nichts ist schön als unsere Empfindung des Schönen, nicht
der körperliche Gegenstand. — Wollte man noch einwerfen: „Wie viele
Entwicklungen unterdrückt überhaupt die Natur, zu denen sie schon alle
Anstalten vorgeschaffen, wie viele tausend Eier knickt sie entzwei, wie viele
Knospen zerreißet sie, wie viele Menschen auf allen Stufen des Lebens er=
quetscht ihr blinder Tritt!" so sag' ich, die abgebrochenen Entwicklungen
werden doch zu Bedingungen der vollführten veredelt: ferner für körper=
liche Gegenstände ist jede Stellung ihrer Theile gleichgültig, und als Hül=
len geistiger Wesen zeugen sie eben für eine —kompensierende Unsterblich=
keit der letztern.

*) Mich dünkt, von dieser Seite ist der Wahn der geistigen Morta=
lität noch nicht genug beschauet worden. Das lebendige oder geistige Welt=
ganze kann als solches — denn das Leblose hat keinen andern Zweck, als
ein Mittel für das lebendige zu sein — keinen Zweck erreichen, als den je=
der Theil davon erreicht, weil jeder ein Ganzes ist, und weil jedes andere
Ganze nur in der zusammenfassenden Idee und nicht wirklich existiert. Um
die Unstatthaftigkeit einer durch verschwindende Geisterreihen laufenden
Vervollkommung lebhafter anzuschauen, kürze man nur die Lebenszeit ei=
nes Geistes so weit ab, daß er z. B. nur Eine Seite in Kants Kritik durch=
bringt und dann vergeht. Für die zweite Seite entsteht ein zweiter Geist
und so überhaupt 884 Geister für die neue Auflage. Jener Irrthum wurde
vielleicht den meisten durch das zunehmende Monden=Licht der Aufklärung
geläufig, das allmälig über die nach einander entschlafenden Jahrhunderte
aufsteigt; aber eben die Nothwendigkeit des Ersatzes fordert die Unsterb=
lichkeit.

„Und alle, alle diese Widersprüche und Räthsel, wodurch
„nicht blos alle Wohllaute, sondern alle Saiten der Schöpfung
„zerrissen werden, müssen Sie annehmen, blos weil sich
„zwei Schwierigkeiten, die unsere Vergänglichkeit eben so
„wenig auflöset, vor Sie stellen.... Geliebter Karlson,
„in diese Harmonie der Sphären nicht über, sondern neben
„uns wollen Sie Ihren ewig schreienden Mißton bringen!
„Sehen Sie, wie sanft und gerührt der Tag geht, wie er=
„haben die Nacht kömmt — o dachten Sie nicht daran, daß
„unser Geist glänzend einmal eben so aus der Grube voll
„Asche steigen werde, da Sie einmal den milden und lich=
„ten Mond groß aus dem Krater des Vesuvs aufgehen
„sahen?"....

— Die Sonne stand schon roth auf den Gebirgen, um
sich ins Meer zu stürzen und in die neue Welt zu schwim=
men. Nadine umfing unendlich gerührt die Schwester und
sagte: „O wir lieben uns ewig und unsterblich, gute Schwe=
„ster." Karlson rührte zufällig die Saiten der Laute an,
die er trug: Gione nahm sie mit der einen Hand und gab
ihm die andere und sagte: „Unter uns allen werden Sie
„allein von diesem tristen Glauben gequält — und Sie
„verdienen einen so schönen!"

Dieses Wort der verhüllten Liebe stürzte sein lang ge=
fülltes Herz um, und zwei heiße Tropfen wanden sich aus
den geblendeten Augen, und die Sonne vergoldete die rei=
nen Thränen, und er sagte, indem er nach dem Gebirge
hinüber schaute: „Ich kann keine Vernichtung ertragen als
„nur meine — mein ganzes Herz ist Ihrer Meinung und
„mein Kopf wird ihm langsam folgen."

Lasse mich nun nicht mehr eines andern Mannes erwäh=
nen, den ich so oft getadelt habe.

Wir standen gerade vor einem Schlosse, worin, des
Abendscheins ungeachtet, alle Fenster sich von Girandolen
versilbern und (wenn es dunkler geworden) vergolden lie=
ßen. Oben über der italienischen Plateforme desselben hin=

gen zwei Montgolfieren, die eine am westlichen, die andere
am östlichen Ende gefesselt im Aether. Ohne diese schönen
Globen, in denen sich gleichsam die zwei herrlichen im Himmel, der Mond und die Sonne wiederholten, hätte ich im
Glanz höherer Szenen diese nähern kaum bemerkt.

O Theuerster, wie schön war die Stelle und die Zeit!
Die Pyrenäen ruhten groß, halb in Nächte, halb in Tage
gekleidet, um uns und blickten sich nicht, wie der veraltende
Mensch, vor der Zeit, sondern erhoben sich ewig; und ich
fühlte, warum die großen Alten die Gebirge für Giganten
hielten. Die Häupter der Berge trugen Kränze und Ketten
von Rosen aus Wolken gemacht; aber so oft sich Sterne
aus dem leeren tiefen Aethermeer herausdrängten und aus
den blauen Wellen glänzten, so erblichen Rosen an den
Bergen und fielen ab. Nur das Mittagshorn schauete wie
ein höherer Geist lange der tiefen einsamen Sonne nach und
glühte entzückt. Ein tieferes Amphitheater aus blühenden
Zitronenbäumen zog uns mit Wohlgerüchen auf die einge-
hüllte Erde zurück und machte aus ihr ein dunkles Paradies. Und Gione drang voll stillem Entzücken in ihre Lau-
tensaiten, und Nadine sang den gleitenden Tönen leise nach.
Und die Nachtigallen wachten in den Rosenhecken am
Wasser auf und zogen mit den Tönen ihres kleinen Herzens
tief in das große menschliche, und glimmende Johanniswürmchen schweiften um sie von Rose zu Rose, und im
spiegelnden Wasser schwebten nur fliegende Goldkörner über
gelbe Blumen. — Aber da wir gen Himmel sahen, schimmerten schon alle seine Sterne und die Gebirge trugen statt
der Rosenketten ausgelöschte Regenbogen, und der Riese
unter den Pyrenäen war statt der Rosen mit Sternen ge-
krönt. — — O mein Geliebter, mußte dann nicht jeder
entzückten Seele sein, als falle von der gedrückten Brust die
irdische Last, als gebe uns die Erde aus ihrem Mutterarm
reif in die Vaterarme des unendlichen Genius — als sei
das leichte Leben verweht? — Wir kamen uns wie Unsterb-

liche und erhabener vor, wir wähnten das Sprechen über
die Unsterblichkeit habe bei uns, wie bei jenen zwei edlen
Menschen*), den Anfang der unsrigen bedeutet.

Plötzlich wurden wir von den vielfachen Armen eines
harmonischen Stroms, der mit Lebenstönen durch das Lust=
schloß rauschte, gefasset und ins Leben zurückgeführt. Durch
eine Musik in allen Zimmern wurde Gionen angesagt, wem
dieses Schloß gehöre; sie drückte sanft und dankbar die
Hand ihres Wilhelmi, und wir wurden alle erweicht, aber
alle beglückt.

Allein der Sturm der neuen Freuden konnte, da wir in
die glänzenden Zimmer traten, nicht die alten verwehen:
wir konnten die große Nacht um uns noch nicht entbehren,
wir stiegen auf die Plateforme heraus, um auf diesem klei=
nen Thron zu den höhern Thronen der Schöpfung unter
dem unendlichen Thronhimmel näher aufzuschauen, wiewohl
für die gerührte Seele Knien ein höheres Steigen gewe=
sen wäre. —

Droben standen Nachtviolen in einem Treibkasten, die
Gionens Namen durch blühende Farben schrieben; ich dachte
an die gefangnen Johanniswürmchen und Skolopender. Jene
ließ ich als verworrene goldene Sternbilder auf die Rosen=
hecken hinunterfliegen und mit den ausgegossenen Feuer==
würmern setzte ich Gionens Namenblumen in schöne kalte
Flammen.

Gione schauete sehnsüchtig zur östlichen Montgolfiere hin=
auf. Wilhelmi verstand sie. Ihr Geist war eben so kühn
als still, sie hatte schon viele Zauberhöhlen der Erde und
die Zinnen der Alpen besucht; sie wollte mit der Kugel
aufsteigen und in dieser herrlichen Nacht über diese herrliche
Gegend mitten im Himmel schweben; aber der Genuß der

---

*) Raphael starb, da er die Verklärung vollendet hatte; und der genia=
lische Hamann starb mitten unter dem Drucke einer Abhandlung „über
Verklärung und Entkörperung".

nächtlichen Aussicht war doch ihr Endzweck nicht allein. Wilhelmi fragte sie, wer sie begleiten sollte: sie bat nur um Einsamkeit. Die Breite und Tiefe der Barke unter dem Globen, und ein Stuhl darin, und die Seile, die ihn steigen und wiederkehren ließen, nahmen alle Gefahr hinweg.

Sie ging einsam wie eine Himmlische empor unter die Sterne — die Nacht und die Höhle warfen ein Gewölke über die aufziehende Gestalt — ein oberes Wehen wiegte diese blühende Aurora und deckte mit der schwankenden Göttin ein Sternbild ums andere zu. — Plötzlich trat ihr fernes erhöhtes Angesicht in einen hellen überirdischen Glanz hinein; es stand leuchtend wie das eines Engels, im Nachtblau gegen die Sterne erhoben! Wilhelmi und Karlson ergriff ein ungewöhnlicher Schauder, ihnen war, als sähen sie die Geliebte wieder von sich ziehen, vom Flügel des Todesengels getragen. Der Mond hinter der Erde, der seine Strahlen früher hinauf an die Sterne als herunter auf die Erdenblumen warf, hatte sie so himmlisch verklärt.

Als sie wieder zu uns kam, waren ihre Augen von gestillten Thränen roth — und sie war eben aufgestiegen, um in einer verhüllten Minute näher an den Sternen alte schwere Thränen einsam zu vergießen. O die Himmlische! sie lächelte sonderbar im Schlummer dieses Lebens über höhere Freuden, als die hiesigen sind, wie etwan schlafende Kinder lächeln, weil sie Engel sehen.

Jetzt wurde es mir unmöglich meine Sehnsucht nach den Sternen und meine Bitte um das Einschiffen dahin zurückzuhalten. Ich erhielt von einer willigen Güte die westliche Kugel. Nadine, durch die Wiederkehr der unversehrten Schwester und durch den Theilnehmer der Gefahr verwegener, betrat mit ihrer gewöhnlichen auflodernden Wärme das Schiff, um das dürstende Herz an der majestätischen Unermeßlichkeit der Nacht zu laben.

— Und nun zogen uns die Sonnen empor. Die schwere Erde sank wie eine Vergangenheit zurück — Flügel, wie der

Mensch in glücklichen Träumen bewegt, wiegten uns auf=
wärts — die erhabene Leere und Stille der Meere ruhte
vor uns bis an die Sterne hin — wie wir stiegen, ver=
längerten sich die schwarzen Waldungen zu Gewitterwolken
und die beschneieten beglänzten Gebirge zu lichten Schnee=
wolken — die auftreibende Kugel flog mit uns vor die stum=
men Blitze der Mondes, der wie ein Elysium unten im
Himmel stand, und in der blauen Einöde wurden wir von
einem gaukelnden Sturm gleichsam in die nähere schimmernde
Welt des Mondes geblendet gewiegt.... und dann wurde
es dem leichtern Herz, das hoch über dem schweren Dunst=
kreis schlug, als flatter' es im Aether und sei aus der Erde
gezogen, ohne die Hülle zurückzuwerfen.

Plötzlich stockte unser Flug — wir blickten hinunter in
das von der Tiefe und der Nacht verschlungene Thal, und
nur die Lichter des Schlosses schimmerten zusammenfließend
hinauf — eine westliche Wolke hing vor uns in Gestalt einer
weißen Nebelbank und ein schwarzer Adler glitt wie ein
Todesengel von Morgen vorüber und durchschnitt die lichte
Wolkensäule und suchte seinen Gipfel — und ein kaltes
Wehen zog uns spielend gegen die Insel aus Dunst —
das Abendroth war schon gegen Mitternacht unter der
Erde fortgezogen und wandelte über das geliebte Frankreich
als künftige Aurora.... O wie richtete sich der innere
Mensch unter den Sternen auf, und wie leicht wurde über
der Erde das Herz....

Auf einmal stiegen unten aus dem schimmernden Schlosse
leise Harmonien herauf, und unsere Geliebten riefen uns
mit gedämpften Echos zurück.... Und da Nadine hinunter
sah, brach ihr das einsame Herz vor Sehnen nach den
theuren Menschen — und da sie in das lange versilberte
Thal hinüberblickte, worüber der Mond hereingewälzt war,
und da unter seinen flatternden Folien die zitternden Was=
serfälle glommen, und die rinnenden Bögen des Stroms
und die grünenden Marmor=Torso's und die weißen Steige

5 *

zwischen Ulmen und Aehren und die ganze zauberische Bahn unsers heutigen Tages: so strömten helle und glänzende Thränen unverhüllt aus ihren sanften Augen, und sie blickte mich gleichsam mit der Bitte um Nachsicht und Verschweigen an und sagte erschütternd: „Wir sind ja doch so weit von der harten Erde!"

Und als unsere kleine Kugel zu den schillernden Auen und hellern Tönen zurückgezogen wurde, sah sie mich fragend an, ob ihre Augen noch Spuren der Thränen zeigten. Sie trocknete sie schneller, aber vergeblich. Wir sanken schweigend hinunter. Ich nahm ihre brennende Hand und sah ihre fortweinenden Augen, aber ich konnte nichts sagen ...

— Und wie könnt' ich denn jetzt noch etwas sagen, du Beliebter! —

Ende.